書下ろし

妻を寝とらば

白根 翼

祥伝社文庫

目次

第一章　破綻《はたん》

家々の屋根からは、雪解けの雫《しずく》が大きな氷柱《つらら》になって何本も垂れ下がり、待ち望んでいた春の陽射しを綺麗に反射させている。

北海道の山間部にある旭北町《きょくほくまち》は、人口五千人ほどの、のどかで小さな町だ。

時は三月。残雪の見られるこの日、町で唯一の高校、『旭北高校』の卒業式が行われた。

式が終わると、校舎から出てきた卒業生が、校門やグラウンドで父兄や、友人とスナップ写真を撮るなどしながら、最後の名残《なごり》を惜《お》しんでいた。

そんな中、一人の男子生徒が、卒業証書の入った筒をバットのごとくしゅっしゅっと振りながら、真っ白なグラウンドを軽快に駆け抜けていく。

卒業生の一人、北野翔太《きたのしょうた》である。

はっ、はっ、はっ！　わっせ、わっせ。

そうら、もう体がぽかぽかしてきた。

寒ければ、走って体を温めればいい。

こうして翔太は、三年間コートも羽織《はお》らずに真冬でも学ランで乗り切ってきた。

翔太は、鎧《よろい》のような筋肉を纏《まと》ったずんぐりむっくりの体型だ。顔はお世辞にも二枚目とは言いがたいが、人懐《なつ》っこい丸顔がトレードマークだ。

この日で卒業するというのに、校舎を出て自然と足が向いたのは、三年間過ごし、たくさんの想い出が詰まった、野球部の部室だった。

部室の壁には、翔太をはじめ卒業する部員たちから後輩たちへのメッセージが書かれた色紙が張られている。

翔太が書いた色紙にはこう書かれている。

『千里の道も一歩から』

まったく、僕らしいな。

と苦笑いしながら、青春の日々を思い起こす。

旭北高校は、甲子園《こうしえん》を狙えるほど強いチームではなかったが、小学校から、中学、高校とずっと一緒に野球をやってきた仲間が多く、チームワークの良さはピカイチだ。

三番　キャッチャー　北野翔太　副キャプテン

クリーニング店の一人息子の翔太は、他人様の服を丁寧に洗い、アイロンがけをする父の背中を見て育った。

「偉くなくてもいい。父さんみたいに、陰で人のためにコツコツ努力する人間になりな」

母の口癖だった。翔太は、その言葉通りの堅実な少年に育った。

小さい頃から大好きだった野球では、誰もがピッチャーに憧《あこが》れる中、翔太だけは、女房役のキャッチャーに憧れた。

ピッチャーが良い球を投げれば「ナイスボール！」とご機嫌にさせる。アウトを一つ取るたびに「しまっていこう！」とナインに活を入れる。自分が目立つよりは、チームが一つになり、勝利の瞬間にみんなでわいわい盛り上がる瞬間が好きなのだ。

試合が近づくと翔太は、エースピッチャーの輝也《てるや》のコンディションを常に気にかけ、毎日マッサージをした。女子の間には「ホモ説」が流れ、恋人ができなかったほど女房役に徹した、縁の下の力持ちだ。

「スター選手を陰で支える仕事がしたい！」

そう決意した翔太は、高校を卒業後はプロ野球チームの「スポーツトレーナー」を目指し、働きながら東京でマッサージ師の学校に通うことになっている。

このロッカーともおさらば、か。

野球部を引退したあとも、ロッカーの中に辞書や体操着などを置いていたが、いずれ入ってくる新入部員のためにも、綺麗にしておかなければいけない。

翔太が、普段着として着られそうなトレーナーや、ランニングシューズ、さらにキャッチャーミットとボールをスポーツバッグに詰め、扉を閉めようとした瞬間だった。

背後から甲高《かんだか》い女性の声が聞こえた。

「DO NOT FORGET A DICTIONARY」

いつの間にか部室の入り口に立っていたのは、ソバージュヘアーを北風に靡《なび》かせた英語教師の乙川節子《おとかわせつこ》、二十五歳である。オーストラリアでの留学経験で会得したネイティブな発音には定評がある。

濃紺のスーツを身に纏い、凛《りん》とした姿勢で翔太を見ている。きりっとした大きな瞳《ひとみ》が印象的だ。

「ONCE AGAIN DO NOT FORGET A DICTIONARY」

「へっ?」

「へ、じゃないでしょ。辞書を忘れるな! って言ったの」

「すみません、うっかりしていました」

重いし、どうせもう使わないし、辞書はロッカーに置きっぱなしにしようと思っていたが、慌《あわ》ててスポーツバッグに入れた。

「ストライクとかボールとか、野球で英語を使うくせに、ヒアリングが下手ねえ」

「そ、それを言われると……」

翔太が坊主頭をポリポリとかいて目を伏せた。

美人教師の節子に見られると、いつも翔太は緊張した。色白で目鼻立ちがはっきりして、まるで欧米人と見紛うほどに手足が長くグラマーなスタイルだ。

タイトスカートがぴったりと張り付く豊かな尻を、プリプリとくねらせて廊下を歩く後ろ姿に、ついつい見惚れたものだ。

だが宿題を忘れてきた生徒には、指示棒をムチのようにしならせて容赦《ようしゃ》なく叱《しか》る、厳しい一面をも持ち合わせていた。

男子生徒は陰で、絶対に私生活は女王様だ、留学先のオーストラリアで覚えたものすごいオージーセックスをする、などと下世話な下ネタで盛り上がっていたものだ。

「ところで先生……何をしに野球部の部室へ？」

節子が、ニヤリと肉厚の唇を歪《ゆが》めた。

「フッ……このまま卒業できると思ったら大間違い。あなたには補習が残っている。それを伝えに来たのよ」

「ほ、補習!? そんな先生、僕、卒業するんですよ」

「校長が卒業証書を渡しても、この私が認めないわ」

卒業証書をかざそうとした翔太の言葉を、そう言って節子が遮《さえぎ》った。

英語が苦手な翔太は、単位を取り損ねてしまい、春休み中も、追試験を受けていたのだ。

まさか、追試験も落第してしまったのか? 翔太は、戦々恐々とした。

「これがテキストよ!」

節子に手渡されたのは『一般ビジネスで必要な英会話』と書かれた英会話ブックだった。

「トレーナーを目指して働くんですってね。スポーツの世界も英語は重要よ。これでしっかり基礎を学んでおくのよ」

「ありがとうございます!」

節子は、翔太にくるりと背を向け、ハイヒールをカツカツと鳴らして歩き去って行った。

一見クールに見えるけど、やっぱり節子先生は、この町で生まれ育った道産子《どさんこ》だ。優しくてあったかい人だ。

四番　ピッチャー　武藤《むとう》輝也　キャプテン

翔太が部室を出て、グラウンドへ歩いていくと、白いカシミアのコートをダンディーに着こなした輝也が、別れを惜しむ女子生徒たちに囲まれていた。

鼻筋の通ったイケメンで雰囲気もクールな輝也は、子供の頃からモテモテだった。おまけに父親は、大手ＩＴ企業の関連会社で電子部品を製造する『旭北電子』の社長で町長をつとめているのだ。

長男である輝也には、東京の大学に進学した後、町一番の大会社の次期社長の椅子が約束されている。人も羨《うらや》む境遇だ。

「輝也君、いつ東京へ行っちゃうの？」

「ワタシ、駅まで見送りに行ってあげる」

などと、女子生徒たちは口々に名残惜しそうに言葉を投げかけていた。

「輝也。最後に一球、がつ～んとお前のピッチングを披露《ひろう》してくれ」

「いいだろう。翔太のミットに投げ込むのも、最後かもしれないからな」

渋いハスキーな声でそう言った輝也が、白いカシミアのコートを威勢良く脱ぎ、雪が積もったマウンドの方へ走っていく。きゃーっと女子生徒たちの黄色い声援が沸《わ》き起こった。

相変わらず輝也は、やることなすことかっこいいぜ。

翔太は、ミットをはめてキャッチャーボックスの位置にしゃがむと、ぽ〜んとボールを輝也に投げた。

輝也は、プロのスカウトも注目したほど球が速く、素質は十分だったが、繊細すぎる性格は投手向きとはいえず、自信をなくすこともしばしばだった。そんな輝也を、時に叱咤《しった》し、時におだてまくって気持ちをコントロールしていたのが、女房役の翔太だった。

家も近く、物心付いた頃から一緒に遊び、兄弟のように仲が良かった輝也のことは、翔太が一番よく知っていたのだ。

「さぁ来い、輝也」

輝也が振りかぶって投げた。

「輝也せんぱ〜い、こっちむいて〜」

「わー、なんだなんだ」

翔太が、気を取られ、珍しく球を後逸したのも無理はない。

一年生マネージャーの陽菜《はるな》が、友達二人を従え、超ミニスカートのチアガール姿で現れるや、ムチムチの太腿《ふともも》と派手なショーツを見せつけ、悩殺ダンスを披露するではないか。

翔太は思わず、副キャプテンの顔に戻った。

「そんな短いスカート穿《は》いちゃダメだ。校則違反で停学になったらどうするんだ。マネージャーがいなかったら大変だぞ」

「あはは。スコートに校則なんてないも〜ん」

トランジスターグラマーの陽菜は、クリッとした瞳と、アヒル口がチャームポイントの天真爛漫《てんしんらんまん》で、おませな今どきの女の子である。

「試合でテレビに映って芸能プロダクションにスカウトされたい」と、野球部にマネージャーとして入部してきた。

歌とダンスが大好きでラッキーセブン（七回）の攻撃の前には、わざわざ着替えてチアガールに早変わり！　スタンドに移動して、友人たちと、脚を高々と上げてはお色気を振りまくのだ。だがダンスに夢中で時々スコアブックを書き間違えちゃうのはご愛敬《あいきょう》だ。

対戦高校のツッパリから、声をかけられることもあり、そのつど翔太らが追い払っていた。

翔太にとっては、憎めないが目が離せない、妹的な存在だ。

そんな陽菜も、輝也のファンの一人だ。

「輝也先輩、ここにサインしてください」

「こ、こんなところにか!?」

膝上十センチ以上もあろうかという超ミニのスコートに、サインをせがんで先輩を困らせていた。

「お姉ちゃん?……」

陽菜の視線の先に、二歳年上の姉・沙織《さおり》が、思い詰めた顔でゆっくりと歩いてきた。

クリッとした瞳と、つんと上へ向いた鼻が印象的な、可憐な美少女だ。姉妹でも、父母別々の遺伝子を受け継いだのではないかと思うほど、陽菜とは対照的に、物静かで繊細な心の持ち主の文学少女である。

色白の肌と、真っ赤なダッフルコートのコントラストがじつに鮮やかだ。

翔太は思わず、見惚れてしまった。

小学校時代からずっと沙織に恋心を抱いていたのだ。

教室の席が隣同士だった中学二年生の時には、勇気を持って告白した。ホワイトデーに、チョコレートを沙織の家の郵便ポストへ入れたのだ。決して義理チョコのお返しではない。バレンタインデーには何ももらっていないのに、である。

翌日、授業中に隣の席の沙織が、付箋《ふせん》紙に書いてよこした内容は今でも覚えている。

～ありがとう。翔太君、いつまでも良いお友達でいようね～

がくっ。

その日の放課後の練習から一週間以上はボールがバットにかすりもしなかった。それほどショックだった。

それからは、沙織の提案を忠実に守り、「お友達」関係を続けた。高校時代の三年間は、よくクラスの仲間と一緒に、カラオケボックスに行ったものだ。青春時代の淡い想い出である。

だが、沙織にふられたのは翔太だけではない。多くの男子が交際を申し込んでは撃沈、いまだ彼女のハートを射止めた者はいなかった。

ゆっくりと歩を進める沙織は、手に何かを持っている。綺麗な包みから見えているのは白黒ツートン柄のマフラーだ。

「あ、お姉ちゃん、それ家でずっと編んでたマフラー！　なんだ、やっぱり自分のじゃないんだ。ねえ、誰にプレゼントするの？」

「陽菜ったら、おしゃべりなんだから」

と言って、ため息を吐いたのち、沙織がこっちを見たような気がした。

まさか沙織ちゃん、僕にプレゼントをくれるの？

心臓が張り裂けんばかりに、バクバクとときめいた。

しかし、沙織が近づくにつれ、彼女の視線は自分ではなく、後方にいる輝也に注がれていたことに気づいてしまった。

「輝也君……」

と、言葉少なに沙織は、マフラーとラブレターのような手紙も添えて、はにかんだ表情で渡した。

密かに輝也に恋心を抱いていたのだ。

シャイな女子生徒の思いきった行動に、同級生たちが、わーわーと盛り上がる。

「え〜お姉ちゃんにしては大胆〜！」

陽菜も興奮気味に驚いた。

輝也は、彼女の気持ちを知っていたようで、学生服の第二ボタンを威勢良く外し、沙織に渡した。

「沙織ちゃん……四年後、ここで会おう」

そう言い残し、かっこよく去ろうとする輝也だったが、残された沙織には他の女子から、嫉妬《しっと》の視線が刺さっていたので、翔太が女の声色で一声かけた。

「輝也君、東京で浮気しちゃイヤよ」

と笑わせたので、その場は和《なご》んだ。

「翔太さんも早く恋人を見つけなさいよ」

と、陽菜に言われ、翔太はポリポリと頭をかいた。

翔太は親に何度もエロ本を見つけられて叱《しか》られるほど女性の体は大好きだが、恋愛に対しては奥手で、恋人はいなかった。

「あ～あ、お姉ちゃんと争ってもしょうがないし、輝也さんのこと諦《あきら》めよう。翔太さんも、お姉ちゃんのこと諦めなさいよ」

「な、何を言うんだ陽菜ちゃん」

「私知ってるんだぁ。私が練習に遅刻したからって怒って家に来たけど、本当は沙織姉ちゃんに会いたかったんでしょ」

「陽菜ちゃん！　余計なことを暴露しないでくれよ」

そういって翔太が慌てふためくと、輝也がふっとクールに笑った。

「なんだ、そうだったのか翔太。俺にも言わないなんて水くさいじゃないか。だがお前ならきっと、良い女房を見つけるさ」

「おいおい輝也、そんなに慰《なぐさ》めてくれなくたっていいよ。もてないのには慣れているさ」

「いや、これは慰めなんかじゃない。人生って、つくづく野球みたいだと思うんだ。調子が良いときもあれば悪いときもある。大事なのは九回裏のゲームセットの瞬間に、勝者でいるか、敗者でいるかだ」

輝也が、真顔で言葉を続けた。

「勝負は下駄を履くまで分からない……翔太。お前は今こそ女に縁はないかもしれないが、じっくりと上玉を見極めて、最後にはカキ〜ンと一発ホームラン。良縁にめぐり逢えるタイプさ」

「嬉《うれ》しいこと言ってくれるじゃないか。輝也、披露宴《ひろうえん》のときは、乾杯の挨拶《あいさつ》を頼むぞ」

輝也は、父親から帝王学を学んでいるらしく、人生論を語ることがある。

明日からは、それぞれの人生を歩む。団体競技のように、結果は、みんな一緒じゃないのだ。

輝也の言葉を聞いて、ようやく翔太は、卒業式で校長か教頭かどちらかが祝辞で言ったありきたりな言葉の意味が分かった。

『十年後、二十年後、同窓会をしたときには、ここにいる全員が笑顔で再会できることを祈っています』

五番　ライト　郷田海斗《ごうだかいと》

校内一のヤンキーと悪名高い海斗が、肩を揺すってやってきた。

「よっ輝也！　よりによって沙織に卒業式に告白されるなんて、気の毒だな！　悶々《もんもん》として東京行くのか？　早速今夜のうちに抱いちまえ。ははははは」

「フッ、お前みたいな野獣と一緒にするな」

と、軽く輝也に一笑に付されつつも、海斗は輝也と、続いて翔太と挨拶代わりのグータッチをかわした。

海斗は、練習嫌いのため、ライトを守っているが、大柄な体を活《い》かした打撃のパワーと勝負強さはピカイチ。デッドボールぎりぎりの内角球で攻めてきた投手に対し、般若《はんにゃ》のような顔でガンを飛ばし、甘い球を投げさせホームランを打った武勇伝を持つ。

海斗が校門を出ると、車で待っていた職人たちが声をかけた。

「二代目、ご卒業おめでとうございます」

威勢の良い挨拶を受けた海斗が、翔太たちの方を向き直った。

「お前ら、もめ事が起きたら『郷田組』の事務所に俺を訪ねてこい。町は俺が仕切るからよ！」

任俠を気取っているが、じつは極道ではない。

『郷田組』とは、父親が経営している町一番の土建屋で、羽振りを良くしていたのだ。

海斗が、煙草《たばこ》を銜《くわ》え、火を付けそうになったので、翔太が血相変えて走っていった。

「喫煙はダメだよ海斗！　後輩たちが出場停止になったらどうするんだ〜」

海斗は、高笑いして煙草を食べた。じつはチョコレートだったのだ。

ずるっとこける翔太をみて、海斗が大口を開けて笑った。

「ははは！　そうやって三年間、翔太には世話かけたな」

「お前ってヤツは」

翔太が握手で別れようとしたとき、海斗の笑顔が消えた。自分の家の車よりはるかに大きく豪華な車が到着したからだ。

輝也を迎えに来た『旭北電子』のリムジンだった！

海斗は、ライバル心を剝《む》き出しに、輝也に向き直った。

「お前が卒業して戻って来るまでに、俺は『郷田組』を『旭北電子』より何倍もデッカイ会社にしてやるからな」

「ふっ。なら自社ビルの高さで勝負しようぜ」

二人が別々の車に乗り込もうとしたときだった。

「て、輝也〜待ってくれ」

甲高い声を上げながら、小柄な体が全速力で近づいてきた。

一番　ショート　小俣栄吉《おまたえいきち》

栄吉は、体こそ小さいが、小猿のようにすばしっこく運動神経は抜群。走攻守三拍子揃《そろ》った選手だ。顔もどことなくニホンザルに似ているので、あだ名は「猿」。

だが、調子が悪かったりミスをすると、子供のようにぐずったり、癇癪《かんしゃく》を起こすため、先輩からかなりいじめられ、二年の時に辞めたいと言ってきたことがあった。

そこで翔太が「絶対に栄吉はチームに必要だから！」と引き留めたのだ。

以来、海斗や輝也と些細《ささい》なケンカをすることはあっても、そのつど、翔太が間を取り持ってきた。愛すべきいじられ役である。

だが家業の小さな和菓子屋『甘吉《あまきち》』は、コンビニなどに押され年々売上が激減、生活はかなり苦しかった。母親を早くに亡くし、父の定吉《さだきち》が男やもめ、という事情もあり、翔太は、みんなには内緒で栄吉の洗濯物を無料でクリーニングしてあげていた。

栄吉は、父の定吉と一緒に作ったという試作の生菓子を持って、輝也のもとへ走り寄ってきた。

「頼むよ輝也、親父さんに言って、工場の売店に置かせてもらえるように頼んでくれないか。『夕張《ゆうばり》メロン大福』美味《おい》しいよ」

「なにやらイチゴ大福のパッケージとそっくりだな」

翔太がそう言うと、栄吉はへへへ、と笑ってごまかした。

輝也が、真顔で栄吉に尋ねた。

「本当に、夕張メロンを材料に使っているのか？」

「まぁまぁ、そう堅いことというなよ」

ぽんぽんと肩を叩《たた》く栄吉に、輝也が毅然《きぜん》とした態度で、

「偽物はダメだ！」

「輝也、頼む、お願いだよ。同級生じゃないか……親父さんに、頼むだけでも」

すがる栄吉を、振り払おうとした輝也の手が、箱に当たった。

『夕張メロン大福』が、地面に落ちてしまった。

気に留めずリムジンに乗り込んだ輝也に、翔太が声をかけた。

「輝也、せめて親父さんに見せてやれよ」

「俺は誰に対しても、貸しは作らない！　作りたくもない。父親にもだ」

翔太が、地面に落ちた『夕張メロン大福』を拾ってあげようとすると、

「触るな！」

栄吉が、目を真《ま》っ赤《か》にしてそう言うと、走り去る輝也の車を睨《にら》みつけていた。

「今に見ていろ！」

それから十年後、彼らの立場は一変することとなる。


かつて農村だった旭北町は、農家の後継者不足と過疎化に歯止めをかけようと、官民が一体となって工場の誘致運動を展開した。その苦労が実り、東京に本社がある大手ＩＴ企業と提携、電子部品を製造する会社が設立された。それが『旭北電子』である。

これによって、多くの雇用が生まれ、若者たちが都会へ出なくとも故郷で暮らせるようになったのだ。

翔太たちが高校を卒業した頃は、会社の設立から三年、業績も順調で、町は活気づいていた頃だった。

生まれ育った故郷をあとに、北野翔太は、十八歳で上京した。

プロ野球の選手を陰で支える「スポーツトレーナー」になる。

その夢を実現するためだ。

東京でアルバイトをしながら、スポーツトレーナーの専門学校に通い、理学療法士やあん摩マッサージ指圧師の資格を取得した。

持ち前の真面目さと体力を活かし、リハビリ病院などで実績を積んだ翔太は、卒業から七年後、念願叶《かな》ってついに在京のプロ野球チームのトレーナーとして採用された。

羽ばたくまでに七年もかかったなんて、まるで蝉みたいだ、と、自分で苦笑したほどだったが、長い下積みは、決して無駄ではなかった。

リハビリ中の選手や、調子を崩している選手と接することの多いスポーツトレーナーの仕事においては、エリート街道を歩んできた者より、翔太のように地道な努力をしてきた人間の方が、選手の気持ちがよく分かるのだ。

ましてや翔太は、高校時代は女房役のキャッチャー。相手の力を引き出すのはお手の物だ。

あるとき、甲子園で活躍が認められ期待されて入団しながら、肩の故障に何年も苦しみ二軍で伸び悩んでいた同い年の投手を、翔太がシーズンを通してケアしたことがあった。

やがてその投手が、一軍に昇格し、晴れてプロ入り初の勝利投手になった瞬間、翔太は我が事のように歓喜し、ベンチ裏で号泣《ごうきゅう》した。

スポーツマッサージは男社会で、女性には縁遠かったことを除けば、充実した日々を送っていた。

一方、エースだった輝也は、人も羨《うらや》む生活を送っていた。

大学卒業後に旭北町に帰郷、父が経営する『旭北電子』に就職、程なくして専務に就任した。

そして私生活では、卒業式に告白され学生服の第二ボタンを渡した可憐な美少女、沙織との愛を順調に育《はぐく》み結婚した。

町一番の大会社の後継者の結婚とあって、『旭北電子』の大ホールでの披露宴は、盛大に行われた。

年を重ねてからの子供で、幼い頃は小児ぜんそくで病弱だった娘を、懸命に育てあげた両親の感慨はひとしおだった。

もちろん翔太も披露宴に招待された。友人代表としてスピーチの順番が回ってきたときには、酔いも手伝って、

「沙織ちゃん、やっぱり僕じゃダメ？」

と、うっかり本音を発して、会場を大爆笑の渦に巻き込んだ。

高校時代、密かに想いを抱いていた沙織だが、相手が親友で男らしい輝也なら、諦めもつくというものだ。

むしろ翔太は、ファッショナブルなドレスを纏《まと》った妹の陽菜が、びっくりするほど垢抜《あかぬ》けて、華やかになっていたのに驚いた。

陽菜は、札幌に遊びに行ったときに、芸能プロダクションの人にスカウトされ、東京でダンサーの仕事をしているようだった。

「東京にいるなら、連絡をくれればいいのに。陽菜ちゃん水くさいな。焼き肉くらいごちそうするぞ」

と、翔太が声をかけると、陽菜は、

「これでもワタシ、CDデビューしている芸能人よ！　写真週刊誌に撮られちゃうからな〜」

「ありゃりゃ、妹にもふられちゃったか」

と、翔太はずっこけてみせたが、故郷の後輩が東京で頑張っていることは嬉しかった。

輝也が陣頭指揮を執《と》る『旭北電子』は、ITバブルを受けしばらくは業績も順調だった。法人税などの税収入によって旭北町も潤《うるお》った。平成の大合併の際は、近隣の自治体と合併することを頑《かたく》なに拒《こば》んだ。

貧しい市町村と一緒になっても、得することはないからだ。

旭北町は高飛車だ、と非難されたが、輝也の父でもある町長は、意に介さなかった。

　ところが、翔太たちが卒業してから九年、ＩＴバブルの崩壊の余波を受けた親会社の倒産により『旭北電子』が連鎖倒産してしまったのだ。

　町の税収入は激減した。これまで『旭北電子』の法人税と、社員の所得税以外は、殆《ほとん》ど税収入がなかったのだから当然だ。子供が農家を継ぎたくないからといって農業を軽んじたツケは想像以上に大きかった。

　深刻な財政破綻《はたん》が起こったのだ。

『旭北電子』の倒産によって、失業者が激増した。その数は、町の就労人口の約八割。三千人にも及んだ。

　若者は、都会に職を求めて町を離れた。しかし、再就職は望めない中高年と、その妻子は路頭に迷うしかない。

　住民の八割以上が、生活保護者となってしまった。

　さらに、悲惨なことに財政破綻した町には、生活保護者へ給付金を払う予算さえなかったのだ。

　他の自治体も、合併を拒んだ旭北町に、今さら救いの手を差し伸べてはくれなかった。

　翔太の両親が営んでいたクリーニング店も、売上が激減しつぶれてしまった。

　翔太は直《す》ぐにでも帰郷したかったが、トレーナーを務めているプロ野球チームとの契約が残っていたため、実家に仕送りをしながら仕事を続け、契約終了後に帰郷することにした。

親の面倒をみながら、旭北町でマッサージ師の仕事をするつもりだった。

『旭北電子』の倒産から一年、高校の卒業から十年が経った三月末に、翔太は東京からフェリーなどを使って車で旭北町へ戻って来た。

町の荒廃ぶりに翔太は、呆然とした。

「こ、これが、我が町か？」

商店街はシャッター通りと化し、住宅街の至る所にゴミが溢《あふ》れている。税収入の激減で、町の運営に歪みが生じ、ゴミの収集さえ行き届かないのだ。

町には失業者が溢れ、公園や、駅前の広場などかつて憩《いこ》いの場所だったスペースはことごとく、ホームレスのねぐらと化した。

生活保護者に支給される金すら、自治体は工面できなくなっていたのだ。空き巣や車上荒らしが起こるなど、治安も悪化していた。

翔太は、国道沿いにある、町の若者に人気だったビリヤード&ダーツバー『ルイジアナ』に立ち寄ることにした。

友人や後輩たちが心配だったからだ。

レンガ倉庫を利用した懐かしい『ルイジアナ』の建物が見えてきたが、ネオンは消え、窓ガラスも割れるなど、荒れ果てた外観を見る限り、営業しているとは思えない。不景気でつぶれてしまっていた。

しかし、店内から、酔った若者たちのはしゃぐ声が聞こえてきた。閉店後もビリヤード台や、ダーツは残っており、缶ビールや飲み物を持ち込んだ不良たちの溜まり場と化していたのだ。

野球部の後輩たちがいなければいいが……。そう思いながら、ためしに入ってみる。換気の悪い店内には煙草の白煙が充満していた。

あまり長居はしたくない雰囲気だ。

カウンターに座って、店内を見渡す。

何やらここは、不良の溜まり場だけではなさそうだった。

まだ夜は氷点下近いというのに、肌を露出した派手な服装の若い女性たちが、男性客の耳元で何ごとか囁《ささや》いては、連れだって駐車場の車の方へ消えていく。

耳を澄ますと、やりとりが聞こえてきた。

「三万でどう？」「本番アリか？」「姉ちゃんいくつ？」「高校生はダメだ。逮捕されちまう」「本番とフェラチオで四万」

耳を疑う会話が、あちこちから聞こえてきた。

なんとそこで、売春交渉が行われていたのだ。

治安の悪化は酷く、みるからに女子高生と思われる女の子から、三十代の主婦にまで、売春や援助交際が蔓延《まんえん》していたのだ。

やがて、胸元がざっくりと開いた黒のモヘアのセーターに、赤いレザーのミニスカートを纏ったサングラスの女が、す〜っと翔太に近寄ってきた。そのグラマラスな体に、視線が釘付けになった。

「お兄さん、一人?」

「は、はい……」

不意に話しかけられてそう答えると、

「よかった。私も一人よ、一緒に飲みましょう」

女にカウンターの隣に強引に座られてしまった。肉感的な体を密着させてくる。セーター越しに胸元の柔らかいものが、翔太の肘《ひじ》に当たる。ジャコウ系の強めの香水が、翔太の鼻腔を刺激してくる。

……売春を、持ちかけられたらどうしよう。

翔太が緊張して、伏し目がちにしていると、車のキーを握っていた方の手に、女の白い指が絡んできた。

「車があるのね。遊ばない？」

耳元に熱い息が吹きかかり、翔太の鼓動が、いやが上にも高鳴る。

「カーセックス、三万でどう？」

女性の透き通った声と、『CAR　SEX』のネイティブな発音に、聞き覚えがあった。翔太は顔を上げて女の方を向き直ると、運転時にかけている眼鏡を外した。

「まさか、節子先生！」

「しょ、翔太君」

驚くことに、声をかけてきたセクシーな女性は、高校時代の英語の教科担任、マドンナ教師の乙川節子だった。

授業中に、テキスト片手に節子が「LESSON　SIX」と言うときの「レッスン・セェエックス」の発音にすら興奮したものだ。

野球部の練習中には、グラウンドに面している職員室の窓から、ときおり節子が顔を出して、こちらを見ているだけで翔太たちは張り切った。あれから十年、節子は三十五歳になっていた。

知的で優秀だった女教師が、三万円でカーセックスを求めているのだ。

故郷は、ただならぬ事態に直面していた。

「ど、どうして節子先生が!?……」

「大きな声出さないで」

節子がしっ、と口に指を立てた。

「ここで話もなんだから、翔太君の車に行っていいかしら」

はい、と返事をする前から、節子は翔太の腕を引っ張るように外の駐車場へ誘った。

中古のワゴン車は、翔太が初めてスポーツトレーナーとしての給料を貰ったときに五〇回ローンで買ったものだ。いつか助手席にきれいな女性を乗せたいと期待を寄せていたのだが、よりによって、こんな形で実現するとは……。

車を駐めたときには気づかなかったが、駐車場内には、シートを倒し車内で男女がもつれ合っている車が少なくなかった。

「まさか教え子が店にいるとは思わなかったわ。若い人たちはみんな、都会に出て行ったしね……」

助手席に座った節子が、サングラスを外した。濃い紫の派手なアイシャドーは、知的な顔には似合わないのに、と翔太は思った。

「節子先生なら、都会でいくらでも教師の口がありそうなのに……」

「出られるものなら、とっくにこの町なんか出ているわ」

吐き捨てるようにそう言うと、節子が身の上を語った。

節子は、旭北町の農家の一人娘として生まれた。少女時代から成績が良く、外交官を目指しオーストラリアの大学に留学、英語を完璧にマスターした。

ところが、農作業中に父親が脳梗塞で倒れ、後遺症で働けなくなった。働き手と父の介護の両方は母に無理である。そこで節子は、故郷に帰り英語教師をしながら母を手助けしていたのだ。

やがて町に『旭北電子』が設立されると、節子の両親は、天候に左右される農業を捨て田んぼを売って、工場勤めに切り替えた。

「なのに、いきなりの工場閉鎖でしょ。きっと田んぼを手放したことにご先祖様が怒ったんだって、父は嘆《なげ》いているわ」

町民の人口減による公務員のリストラで、節子は教師の職を失った。生きていく術は、体を売るしか他になくなっていたのだ。

「生活保護のお金も出ないのよ。信じられないわ」

どう言って慰めたらいいのか、翔太は言葉が見つからなかった。

「こんなことなら、ずっと向こうに……」

節子は、教え子の前でぐっと次の言葉を呑み込み、遠くを見つめた。

真っ赤な唇から、ふ〜っと深いため息が聞こえる。

故郷へ戻って教職についたことすら、後悔しているのかもしれない。

……そりゃないよ、先生。

節子先生のことも、大切な想い出の一片だったんだから。

「悪いことばかりは続きません。先生、また良いときが必ず来ますって。頑張りましょう」

「優しいのね……こんな私でも、先生だなんて」

潤んだ瞳の節子が、翔太にもたれかかるようにすがりついてきた。襟ぐりがざっくり開いたモヘアのセーターから、溢れんばかりの白い乳肉が、目に飛び込んできた。おまけに乳房のぷにゅぷにゅとした感触までが、翔太の腕に伝わってくる。なんて、柔らかそうなんだ。

さらに、節子が脚を組み替えると、ミニスカートがまくれ上がり、むちむちっとした太腿が、惜しげもなく露《あら》わになる。翔太は目のやり場に困った。

……自分は今、どうしたら良いんだ。

節子が顔を上げ、ねっとりとした視線で見つめてきた。

「翔太君、私を買って」

「先生、きっと貴女は再び教壇に立ちます。だから……」

自分を粗末にすることはやめて下さい！

言おうとした翔太の太腿に、節子の柔らかい指が伸びてきた。小綺麗に揃えられた真珠色のネイルの先で、敏感な内腿の肉をす～っと掻き撫《な》でられる。それだけで翔太は、痺《しび》れるような快感を覚え、ズボンの中で、男のモノがピクリと動いた。

「人助けだと思って、ね、お願い」

恩師であり、憧れの元マドンナ教師が助けて、と言っているのだ。見捨てるわけにはいかない。懐には、チームメイトからの餞別《せんべつ》が入っている。

「困ったときはお互い様です」

翔太が、後ろポケットから財布を抜こうとすると、

「そんな野暮《やぼ》なことは後にして」

いきなり口を、節子の肉厚の唇にふさがれた。強引に唇を割られると、女の生温かい舌がぬるりと差し込まれる。猛烈なディープキスだ。

「う、うぐぐ」

節子のぬめった舌が、戸惑う翔太の舌にからみつき口の中で乱れ舞う。翔太は、鼻血が出るほど興奮し、初心《うぶ》な股間はむくむくと猛《たけ》った。

たちまちテントを張ったように膨らんだズボンのチャックを、節子の細い指が音もなく下ろした。白いブリーフの上から肉棒の先端をコリコリと撫でさすられ、翔太は堪らず、ううっと唸《うな》った。

熟女の手練手管《てれんてくだ》にもうタジタジだ。

「こっちはもう、スタンバイOKじゃない。大人しそうな顔して、都会でビュンビュン、バットを振り回して女遊びしてきたんでしょ」

「は、初めてです」

「ええ!? CHERRY BOYってこと?」

「その英単語の意味は分かりませんが……童貞です」

「なら、先生がしっかりレッスンしてあげるわ」

甘やかな声で囁いた節子が、セーターをサッと脱ぎ捨てた。

黒いレースのブラジャーに包まれた豊満なバストが露わになった。脂《あぶら》がのった女盛りのぬめ白い肌が艶《なまめ》かしい。

目の前に広がる、元マドンナ教師の色香に、翔太はクラクラしそうだった。

「外して」

翔太が、ブラジャーのフロントホックを必死に外そうとするが、緊張と興奮で手が震え、うまく留め金が外れない。

な、なにやっているんだ僕は！

「左右に開いて手前に折りたたむ。上下にずらす」

苦笑いしながらも、節子が身振り手振りで教えてくれ、ようやくブラジャーが外れる。

うわ！　何て色っぽいんだろう。

ぷるん。重たく実ったお椀型のダイナミックな乳房がお目見えした。

肌の白さと対照的な、色素の濃い焦げ茶色をした乳首も妙にいやらしい。

バストと丸みのあるヒップは肉感的だが、ウエストは抉《えぐ》れるほどにくびれ、胸から腰にかけ見事な曲線を描いている。

翔太は、初めて見る生身の女の裸体に目を見張った。

節子が、翔太の手を豊かな胸元に導いた。乳房のひんやりとした感触が手に伝わり、なめらかな肌が指先に吸い付いてくる。

こ、こんな柔らかいもの、触ったことないぞ。

「そこ、気持ちよくさせて」

「はい！」

翔太は、無我夢中で豊かな乳房をぎゅっと揉み潰した。

「痛い！　ダメよ、そんなに強く揉んじゃ……お金もらっておいてこういうのも何だけど、あなた下手ね」

「すみません、男の筋肉を揉むのが仕事だったもので」

「んもう、おっぱいの揉み方からレッスンしなきゃダメね。いい？　下から掌をあてがって、最初はふんわりと優しく……そうそう」

翔太が、お椀型の乳房に、下から包みこむように両手をあてがう。指をゆっくり入れると、弾力ある乳肉が、まるで軟式テニスボールのように掌の中で緩やかにひしゃげる。

半開きになった節子の唇から、切なげな喘ぎが漏れた。

「あぁ……そ、そうよ。お上手」

先生のおっぱいにむしゃぶりつきたい！

「う、うぷぷ」

見透かされたのか、節子がぎゅっと翔太の顔を胸に抱き寄せてくれた。頬《ほお》ずりしながら顔を埋めると、ほんのりとミルクのような香りがした。ふんわりとした乳肉に包みこまれ、頬がとろけそうだ。

ずっとこのままでいたい。

翔太が至福の感触を味わっていると、

「ねえん、赤ちゃんじゃないんだから。そろそろお口で気持ち良くしてくれるかしら」

「失礼しました」

翔太は、白い乳房の先端でつんと上向いている焦げ茶色の乳首を、舌でねっとりと舐めあげたが、すぐに恩師からもっと転がすように！　と、ダメ出しを受けた。

ただ、やみくもに舐めてもダメなのだ。

翔太は、片方の乳首を口に含み、そして舌の先でチロチロと舐め転がした。ねちっこく何度も何度も舌を小刻みに動かしていくうちに、乳首がぷっくりと隆起し、硬く尖《とが》ってきた。

「はぁぁぁっ」

節子が熱い喘ぎをこぼして、豊満な裸体をくねらせた。

窓越しに、駐車していた隣の車が、ぎしぎしと動いている様が見えた。

じきに自分も、セックスをするのだ！　と思うと、胸が昂った。

節子が静かにシートを斜めに倒すと、黒いレースのショーツをするりと引き下ろして、抜き取った。股間のYゾーンには、思ったよりも濃いめの毛がふっさりと繋っていた。

「じっくりと見て良いのよ。遠慮しないで」

節子が白い太腿を少し開いた。

翔太は思わず身を乗り出した。

女の人のアソコって、こうなっていたのか！

恥毛の奥から、割れ目が垣間見られる。薄褐色をした肉厚の秘唇は剝き出しになり、その内側で、ピンク色の柔肉が、襞《ひだ》の連なりを鮮やかにさせている。

想像していたより、ずっとグロテスクだ。

「触って良いですか」

と、言いつつ、翔太が節子の割れ目の上端にある、小豆《あずき》のように突起した部位に指を伸ばした。ここが、クリトリスだ。

「爪を立てないでね。指の腹で転がして」

翔太が言われたとおりに突起を指の腹でひたすら撫でていると、肉芽がぷっくりと尖ってきた。節子が腰をぶるっと震わせた瞬間、女の陰部から、甘酸《あまず》っぱい匂いが沸き上がってきた。

女の体って、こうもすぐに反応するとは。なんて不思議なんだ。

翔太は女体の神秘に魅了され始めていた。指をゆっくりと節子の秘唇に滑り込ませてみる。すると粘液がドロリと指に付着し、指と柔肉の間からどんどん溢れ出てきた。

「……あ、あああっ」

節子の上擦った声の震えに呼応するかのごとく、肉びらがヒクヒクと蠢《うごめ》き、幾重《いくえ》もの襞が、指を締め付けてくる。まるで、独立した生き物のようだ。

こんなところにペニスを入れたら、気持ちよすぎてすぐにイッちゃいそうだぞ。

そろそろ、と言わんばかりに、節子が翔太の股間をまさぐってきた。

「フェラチオ、ただでしてあげるわ」

元教師とは思えぬ、ふしだらな言葉に、翔太はゾクゾクしてきた。

「他の人に言っちゃダメよ。普段はプラス五千円なんだから……」

翔太のズボンをブリーフごと外し、するりと足首までずり下げると、すぐに顔を寄せてきた。湿った鼻息が亀頭に吹きかかる。

ずっと勃起しっぱなしの肉棒の根元を、節子が両手で包み込むように支え、先端を口に含んだ。

舌先で亀頭を小刻みに転がしながら、じわっと唾液を垂らす。生温かさとぬめりが海綿体に伝わってきた。

これがフェラチオというものなのか。

唇から伸びてきた、サーモンピンクの長い舌が亀頭に巻き付いてきた。さすがは元英語教師の巻き舌だ。「R」と「L」の発音の違いを教えてくれた授業が脳裏を過《よぎ》る。舌の腹で裏筋に沿ってねっとりと舐め上げられると、亀頭がさらにむくむく膨張していく。

節子が満足げに微笑《ほほえ》むや、じゅぽっと音を立てて肉棒を喉《のど》の奥まで呑み込んだ。そのまま頬をすぼめた顔を上下に激しく動かす。

「あうっ」

肉棒の芯がびくびくと嘶《いな》いた。翔太は思わず腰を引きそうになった。

「せ、先生、なんだかイッちゃいそうです」

「平気よ、びくびくしているのは血管だから、スペルマじゃないわ」

節子が真っ赤な唇を、キュッと締めては緩め、舌先で舐め上げては、激しくしごき立てる。淫猥《いんわい》な強弱に刺激され、翔太の肉棒は圧縮バットのごとく雄渾《ゆうこん》にそそり立った。

「若いっていいわ！　さっ、三年B組、北野翔太。チェリーボーイとおさらばしましょう」

節子が、向かい合った状態で腰をひょいと上げ、硬くそそり立った肉棒を片手で摑んだ。唾液でぬめった先端を秘部にあてがうと、座位の姿勢で豊かな腰をゆっくりと沈めていく。

ぬるりとした感触が亀頭を包み込む。初めて侵入した女体の中は、思った以上に生温かい。

張り詰めた亀頭が、秘唇をぐっと押し広げる。生温かい襞が翔太のものを、内へ内へと招き入れている。すっかり濡れそぼっていた節子の蜜壺が、ずぶずぶと根元まで肉棒を銜《くわ》え込んだ。

「うっ、くっ……」

節子が切なげに顔を歪めた。荒い喘ぎと吐息が翔太の顔にかかる。

翔太の肩にしがみつきながら、節子が、むっちりとした腰を、ゆっくりと上下に動かした。膣内の襞が肉棒にぴったりと密着したまま、ときおり雁首をぎゅっぎゅっとうねりながら締め付けてくる。

セックスってなんて気持ちが良いんだ。オナニーなんか比べものにならない。ペニスがとろけそうだ。

新鮮な快感で逞《たくま》しさを増した雁首の出っ張りの感触を味わうかのように、節子が淫裂に肉棒を食い込ませ、豊かな腰を上へ下へと振り続ける。

「あ、あああ」

粘液にまみれ黒光りした肉棒が、秘唇に出し入れされるたびに、ぬちゃぬちゃという破廉恥な音が鳴る。結合部分からとめどなく滴り落ちる淫汁で、翔太の陰毛もぐっしょり濡れていた。

「あなた、意外に良い物を持ってるわね……あ、あうっ」

節子が、身をのけ反らせて喘いだ。女盛りの肌は、ほんのり桜色に染まり、グラマラスな上半身からは、香水と汗が入り交じった匂いが立ち上ってくる。

先生が、自分のモノで感じてくれている。誇らしいぞ。

節子が、快感を貪《むさぼ》るように、豊かな腰をクイクイと前後に振りたくった。互いの乳首が擦《こす》れ合う。コリコリした感触が、翔太の乳首を刺激する。

「あ、あなたも、腰を使って」

「はい!」

翔太が、汗でぬめった節子の尻をつかむと、力任せにぐいぐいと引き寄せ、漲《みなぎ》る肉棒を蜜壺の奥へ、カッカッと叩き込んでいく。

「ひぃ……もっと、ついて!」

柔らかな双の乳房がたぷたぷと揺れ弾む。

猛りに猛った肉棒の先端が、子宮に当たるたび、節子が翔太の背中に爪を食い込ませて身悶《みもだ》える。艶かしい嬌声《きょうせい》が車内に響き渡った。

発情した節子の肉襞が、激しいうねりを起こし、初体験の亀頭を容赦なく絞りたてる。

肉棒の芯が脈打ち始めてきた。

「あっ、あっ、あっ」

グラマラスな臀部が跳ね上がり、うごめく襞が限界にまで膨れた海綿体を容赦なく擦り立てる。

翔太の肉棒がひくつきだした。

今にも爆発しそうだ。

「い、いきそうです」

翔太の言葉に、鼻を鳴らして強く頷《うなず》いた節子の腰が、がくがくと痙攣《けいれん》を始める。

「う、うぐぅ」

グラマラスな節子のボディーが、大きく後ろにのけ反った。ほぼ同時に、うっと呻いた翔太が、濃厚な白濁液を心おきなく、どっとシートに飛び散らせた。

肌を合わせたお相手と、共に絶頂を迎えるこの幸福感、なんて素晴らしいのだろう。肉欲にはまる人の気持ちがようやく分かった。

節子は、大きく深呼吸をすると、ウェットティッシュで手早く股間を拭《ふ》きながら翔太の耳元で囁いた。

「自信持って良いわよ、翔太君。お金もらって、その上にイカせてもらえるなんて、今夜はラッキーだわ」

「こちらこそ、色々とご指導ありがとうございました」

翔太は、服を着て丁寧に頭を下げて三万円を渡した。

憧れのマドンナ先生との夢心地な時間は終わりを告げ、元女教師さえ体を売らなければ生きていけない、財政破綻の悲惨さだけが実感として残った。

節子を送る途中にガソリンスタンドに入ると、一台のリムジンが給油していた。

「あれ、小俣栄吉の車よ。翔太君、同級生だったでしょ」

「栄吉がリムジン？　そりゃ、儲《もう》かっているとは聞いてはいましたけど……」

翔太は、この一年で、町の力関係が変わったことを節子から聞かされた。

栄吉の父・定吉が創業した『甘吉』は、かつては町の小さな和菓子屋だった。研究熱心で少々山っ気のある定吉は、いろんな試作品を作っては、スーパーなどに出品しようと画策はしていたが、イチゴ大福を模造した『夕張メロン大福』を売るなど、露骨な類似商品も多く、地元では評判が悪かった。

それが栄吉の案で、類似性にさほどとやかく言わない激安のネット通販会社と提携して全国に販売、着実に売上を伸ばしていたのだ。

そして半年前、『甘吉』は大勝負に出た。

倒産した『旭北電子』の工場を改造しお菓子作りに利用、さらに路頭に迷っていた失業者など町民約二千人を雇用、その業務拡大が功を奏し、年商十億円を超える町一番の会社に成長していた。

貧しい和菓子屋の倅だった栄吉は、いまや大金持ちの若社長だ。

輝也の父が辞職した町長の座にも、定吉が無投票で当選していた。

「栄吉！　僕だ」

「翔太じゃないか！　久しぶり。帰ったのか。おっ！　帰郷して速攻で節子先生とデートかよ」

栄吉が、翔太と節子に気づいて、リムジンから降りてきた。

高級な革のジャケットを羽織り、上げ底のブーツをカツカツと鳴らして近づいてきた栄吉に、かつてのいじられ役の面影は薄かった。

「翔太、こんなボロ車でエスコートするなんて、マドンナ先生に失礼だろ」

「そんなことより栄吉、失業者を大勢雇ったんだって？　偉いじゃないか」

「へっ！　お前に言われなくたって偉いに決まってら！」

栄吉は、節子の全身を舐め回すように見ると、

「先生、俺と結婚しない？」

「な、何をいきなり言い出すんだよ、栄吉」

栄吉は、節子だけを見ていた。

「先生、俺本気だぜ」

「まぁまぁ、若社長ならもっと若い奥さん貰えるでしょ」

節子が軽く作り笑顔でいなすと、栄吉が、勝ち誇ったかのように高笑いした。

「ハハハ。俺はねえ先生、妻を何人ももらえるようになるんですよ」

翌日、翔太は、栄吉の言葉の真意を知って仰天することとなる。

第二章　一夫多妻

旭北町の町長でもある『甘吉』の会長・小俣定吉は、財政破綻の打開策を、町議会と『甘吉』の株主総会、両方で発表した。

多くの生活保護者が、給付金を貰えずに、のたれ死にするしかない、末期的な財政破綻の救援策として、貧しい町民の殆《ほとん》どを、『甘吉』の社員として雇うことを決めた。

その目的は、前代未聞ともいえる「社則」に、町民を従わせるためだ。

次のような「社則」を発表した。

一、「家族を養えるだけの収入がない世帯主は、経済的に余裕のある者に、『妻子を譲渡』する契約をすれば、生活を保障する」

二、「借金がある世帯主は、無条件で妻子を他人に譲渡せよ」

三、「これらの社則に従えない者は、解雇する」

つまり、経済的に余裕のある者が、貧しい女、子供を養う。

実質の、「一夫多妻制度」である。

富める者が貧しい者を養うこの制度は、現在も世界の八割の国で実施されている。それに対して一夫一婦制は、日本や欧米など経済が豊かな一部の国でしか機能していないのだ。

そんな現状を引き合いに出しながら、社則としての「一夫多妻制」を導入したのだ。

もちろん、日本の法律では一夫多妻制度は認められていない。よって戸籍はそのまま。

社員に対する厳格な社則としての導入だ。

とはいえ『甘吉』を解雇されれば一文無しの人々にとっては、掟《おきて》のようなまさに「法律」である。

財政破綻には一刻の猶予もなく、新年度がスタートする日に、この制度は施行されるというのだ。

マッサージ師の仕事で、両親を養おうと考えていた翔太は、『甘吉』の社員になるのを断ることにした。

　結果、約百人の女性が、二十人の男性の妻となることが決まった。

　複数の妻を養うことになった二十人の男性のほとんどが、栄吉と、その叔父《おじ》、従兄弟《いとこ》ら、『甘吉』一族の男たちだった。

　栄吉は、昨夜の宣告通り、元女教師の節子を娶《めと》ることになった。

　他には、一体誰を妻として養っていくことにしたのだろうか？

　しかし、翔太が最も心配したのは『旭北電子』が倒産し、全ての財産を失った輝也のことだった。


　翔太は、翌日の午前中、自分の部屋の片付けもそこそこに、輝也に会いに行った。

　すると、地上三階建ての、町一番の豪邸だった輝也の実家から、背広を着た硬い表情の男たちが、家財道具を大型トラックへ運び出しているではないか。

　折しも借金で差し押さえられた豪邸から、高級家具や車を、裁判所の職員が運び出していたところだった。男たちは、裁判所の職員だったのだ。

　その模様を、石塀にへばりつくようにして呆然と見つめているジャンパー姿の痩《や》せた男を見て、翔太は輝也だと気づくのに少し時間がかかった。

「輝也！　そこにいたのか？　お前、大丈夫か？」

輝也は、やぁと右手を挙げながらも、目は伏せたままだった。

「みっともないところを、見られちまったな……」

「何を言っているんだ。長い人生、色々あるさ。ルーキーリーグまで落ちぶれた投手が、メジャーリーガーとして復活することだってあるんだ」

「俺だって人生を諦めちゃいないさ。一労働者として、出稼ぎに行くことにはなったが、何ごとも経験だと思っている」

家などを売っても、莫大《ばくだい》な借金が残るため、輝也は、父や叔父、従兄弟ら一族の働き手と共に、東北にある自動車工場に、期間工として出稼ぎに行くことになっていた。債務処理に追われていた輝也以外の者は、一足先に向かっていた。

自動車工場の期間工と言えば、あまりの重労働に逃げ出す者や、過労死する者もいるほどの過酷さだと、翔太も噂《うわさ》で聞いたことがあった。

「沙織ちゃんは？　一緒に東北へ行くんだろ？」

「いや……情けないが、家族を連れて行く余裕もないんだ」

輝也は、賄い付きの寮に住み込みで働き、給料の殆どがそのまま借金返済に回るため、アパートを借りることも出来ず、沙織を連れて行くことは出来なかった。

旭北町や、ＩＴ業界に限らず、日本中が不景気となった今、職場に贅沢《ぜいたく》は言ってられなかった。

「じゃ、沙織ちゃんは、どうするんだ？」

「聞かないでくれ……」

輝也の顔が曇った。

そこへ、黒いリムジンが静かに近づいてきた。ドアが開き、降り立ったのは、真っ白いタキシードを着た栄吉だった。

「栄吉！　お前、まさか」

栄吉は、チラリと腕時計を見るや、輝也を睨んだ。

「四月一日、今日から一夫多妻制度が施行される。輝也、約束の時間だ。沙織ちゃんを迎えに来た」

「さ、沙織ちゃんを⁉」

「富める者が貧しい者を養う。ただそれだけのことだぜ、翔太」

なんと、一夫多妻制度によって沙織が栄吉のもとへ嫁ぐことになったのだ。

翔太は、栄吉を見据えて言った。

「なにも……お前が沙織ちゃんを妻にしなくたって良いだろ」

「沙織ちゃんは、言わば担保だ！」

「担保？」

金融機関からの借金だけでは、あまりに利息が嵩《かさ》むため、『旭北電子』は『甘吉』からも一部、無利息で借金をしていたのだ。

輝也はじっと目を伏せ、拳《こぶし》を震わせている。悔しいに違いない。

翔太が、栄吉に言った。

「それにしても、もう少し待ってやれよ。輝也も今日には東北へ発つんだぞ。沙織ちゃんと別れを惜しむ時間も欲しいはずだ」

「いいんだよ翔太。沙織とはもうこの数日間、しっかり話はしたから」

「そうだけど……栄吉、お前どうしてわざわざ友達の女房を」

翔太の言葉を、栄吉が遮った。

「へっ！　輝也や海斗に、俺は友達らしいことをしてもらった覚えはないね」

「海斗、まさか！　……」

節子、沙織、そしてもう一人は、海斗の妻・麻美《あさみ》だった。

翔太が、栄吉に言う。

「輝也の妻に、海斗の妻……いじめた男の女房を寝とって、復讐しようっていうのか」

「人聞きの悪いこと言うな。これは人助けだ」

一夫多妻制の施行の目的が、経済的な弱者の救済のためなら、「妻」に「夫」を選ぶ権利はなかった。

「沙織ちゃん……」

玄関から出てきた沙織を見て、翔太は驚いた。

春だというのに、スキーウエアを着て、手袋をしていたのだ。

栄吉は、首をかしげながらも、笑顔を作ってリムジンのドアを開けた。

「いやぁ可愛いねえ沙織ちゃん！　高校のスキー合宿を想い出しちゃったぜ。けどこれから行くのはゲレンデじゃなくて俺んちだぜ」

「触らないで！　手も握らないで！　変なことしたら私、警察に駆け込むから」

沙織は、悲愴《ひそう》感漂う表情でそう言うと、輝也の方を見て、心配しないで！　と言わんばかりに、にこっと笑って、そして車へ乗り込んだ。

栄吉は、ちっと舌打ちしたが、輝也に向かって不敵な笑みを浮かべた。

「楽しみで仕方ねえぜ」

そう言ってリムジンに乗り込んだ。

「沙織……」

輝也が、蚊の鳴くような声で、走り去る車を見送った。

栄吉には、少年時代に味わった屈辱に対する、復讐が見え隠れしていた。

栄吉に、沙織を連れて行かれたのち、輝也は、翔太に無念の心情を語った。

「工場倒産の責任は、親会社の危機を察知できなかった自分ら、経営陣にある。路頭に迷った元社員を、雇ってくれた『甘吉』には、足を向けて寝られない。だが、沙織だけは、栄吉に渡したくはなかった……」

沙織の精神状態が心配だという輝也。

「いくら一夫多妻制でも、無理矢理セックスはしないとは思うが……」

社則には『強引な性交渉は、DV(性的暴力)と見なし、躊躇《ちゅうちょ》することなく警察に通報することをすすめる』と書かれてもいる。

だが翔太は、洞察力を働かせた。

警察に通報するなど、事を荒立ててまで〝旦那〟との夜の営みを拒むだろうか。これこそが、したたかな栄吉サイドの作戦ではないかと。

「僕が沙織ちゃんの様子を見ている。何かあればお前に報告する。出来るだけのことはするさ」

と言う翔太に、輝也が力強くグータッチをした。

「このままでは終わらせない！　いつか必ず、沙織を取り戻しに来る！」

輝也は拳を握りしめてそう言うと、町を去って行った。

翔太は当てもなく故郷を歩きながら、愕然《がくぜん》とした。

……栄吉のやつ、よりによって、輝也と、海斗の妻まで娶るとは！

土建屋『郷田組』は半年前に倒産。不景気で、公共工事が減ったのが痛手だった。

海斗は、数人の若い職人を連れ、倒産直後に、マグロ漁船に乗って遠洋漁業の出稼ぎに行っていた。

一夫多妻制のことなど全く知らずに……。

もし、あの破天荒な元ツッパリ、海斗がこのことを知ったら、激怒だけでは済まない。

初体験のお相手、セクシーな節子先生が、栄吉の妻になるのもショックだが、ま、それはさておき、だ。

せめて栄吉に、沙織や麻美を諦めて貰うわけにはいかないだろうか。

翔太は、栄吉の父・定吉に直談判に出向くことにした。

翌日翔太は、栄吉がいないのを確認して町役場へ向かった。

財政破綻した旭北町では、廃校になった小学校の校舎に、役場、税務署などの公的機関が移り合同庁舎として利用されていた。かつて町役場だった場所は、産業廃棄物処理場に売却されている。

翔太は、町役場に入ると、一階の受付窓口の職員に自己紹介をした。

「昔世話になった定吉さんに、帰郷の挨拶をしたくて参りました」

かしこまってそう話していると、奥の方から浪曲師のようなしゃがれた声が聞こえてきた。

「いよ〜、翔太君。久しぶりじゃないか」

奥の机で満面の笑みで手招きしていたのが、作業服姿の定吉だった。

手狭な役場には、町長室などなく、まるで職員室の最後部に控える教頭のように執務についていた。

「ご無沙汰しております、定吉おじさん、あ、いえ町長」

「なぁに、おじさんでいいさ。ご承知の通り、日本一貧乏な自治体の首長だ。偉くもないし、何にもいいことありゃせんよ」

定吉は、小柄で額《ひたい》はかなりはげ上がっているが、肌の色つやは良くバイタリティーに溢れていた。財政破綻の中、唯一の勝ち組であるというのも頷《うなず》ける気がした。

「ほれっ、うまいぞ！　食え」

定吉は来客用のソファーに翔太を案内すると、『甘吉』の新製品だという『栗つぶ入り生キャラメル』をくれた。

幼い頃に栄吉の家に遊びに行くと、ニコニコしながらまんじゅうをくれた定吉が、いまや大会社の会長で、しかも町長である。

「きみの噂は聞いているよ、プロ野球チームのトレーナーをしていたんだって。すごいねえ」

「ありがとうございます。本当はもう少し、頑張っていたかったんですが……親の面倒を見ながら、この町でマッサージ師をしようと思ってます」

定吉は、そうか、と言って、珈琲《コーヒー》をすすった。

翔太は、懐かしい昔話の一つもしたかったが、何を話したとしても、深刻な財政破綻の話につながってしまうと思い、やめた。

「じつは、お願いがあって参りました」

翔太は、単刀直入に本題を切り出した。

「栄吉君に、せめて、友達の女房を娶ることはやめさせていただけませんか。財政難は分かりますが、輝也も、海斗も、小さい頃から一緒に遊んだ幼なじみじゃありませんか……」

団結なくして、町の復興はない、と切々と訴える翔太の話を、定吉はうんうんと頷いて聞いていたが、

「きみの、仲間と故郷を思う気持ちは痛いほど分かった。この定吉が責任を持って、全力で息子を説得してみせよう」

政治家の公約のような物言いだが、信じるしかあるまい。

「その代わりと言ってはなんだが、じつは翔太君に頼みがあるんだ」

頼み？　改まった言い方で何だろう。

「俺も、ま、こういうシステムを敷いた手前、年甲斐もなく、三人の妻を娶っている」

「ええっ、おじさんが三人の妻を!?」

定吉が、少し照れた表情を見せた。

「きみが驚くのも無理はない。なにせ今年で還暦《かんれき》だしなぁ」

長男の栄吉が幼い頃に妻を病で喪《うしな》ってからずっと、定吉は男やもめで栄吉らを育ててきた。父子家庭である。

「妻の一人が、肩こりがひどくて、眠れないんだ。翔太君、マッサージをしてくれないだろうか」

「そんなことならお安いご用です」

「もちろん、マッサージ代ははずむよ」

定吉は、町長の仕事が一段落すると、妻のうち一人が住むマンションに、翔太を案内してくれることになった。

町の経費削減で、公用車も運転手も付けない定吉は、自家用のベンツを自分で運転して出勤している。

「三人の奥さんが、一緒に住んでいるわけじゃないんですね？」

「そりゃそうさ。大奥じゃあるまいし、妻同士が顔を合わせるようなやっかいな状況を、作りたいとは思わないね」

旭北町の一夫多妻制度では、数人の妻を、別々の場所に住まわせ、順番に通うケースが殆どだと定吉は説明してくれた。

「聞けば、聖徳太子《しょうとくたいし》や古代の貴族は、妻たちのもとに通う『通い婚』だったというではないか」

定吉は、一夫多妻制度を正当化したいのかもしれないが、時代錯誤も甚だしいと翔太は思った。

「ちなみに、これから伺《うかが》う奥さんというのは、どういうお方ですか？」

定吉が頭をポリポリとかいた。

「俺が囲っている三人は、みんな会社の女子社員。つまりは、お手つきさ」

「お手つき？　……野球で球を捕り損ねる、お手玉なら知ってますが、どういう意味でしょう？」

定吉は笑いながら、片手でむんずと翔太の胸をおさわりする真似をした。

「可愛らしい女を近くで見ていると、愛《め》でたくて愛でたくて、ついつい手を付け、食べてしまうんだ。美味《おい》しいスイーツのようにな」

歴代の愛人の中で生活力のない三人を、一夫多妻制の施行を機に、「妻」として娶り、けじめを付けたのだと定吉は言った。

一人目は、『甘吉』が小さな和菓子屋だった頃に、パートで働いていた三十五歳のバツイチ女性。二人目は自社ビルで数年前から、派遣社員として受付をしている三十歳の受付嬢。

「パートの彼女は、ぽっと赤らむ頰が可愛いから、リンゴちゃん。受付嬢はまるでマロングラッセのような瞳が印象的でマロンちゃんと呼んでおる」

定吉は、鼻の下を伸ばして、

「さしずめ、これから会わせる久美子《くみこ》は、ピーチパイちゃんだ」

「ピーチパイ？　……そんなケーキありましたっけ？　アップルパイなら知っていますけ

ど」

「ま、会ってのお楽しみだな」

田中《たなか》久美子という名で、三人の中でもっとも若く二十五歳。一年ほど前に入社した会長秘書で、翔太の三学年下だ。

久美子の住まいは、本社工場からほど近い住宅街にある『甘吉』所有のマンションの一室だった。

定吉がインターフォンを押し、「俺だ」と言うやいなや、さっとドアが開いた。

黒髪をアップにした久美子が、品のある微笑みを浮かべて、主と客人を招き入れた。

「お帰りなさいませ、旦那様」

すぐに定吉の手から、カバンを受け取り、二人分のスリッパを出す、一連の身のこなしは秘書らしくそつがない。

涼《すず》やかな切れ長の瞳と、ピンクベージュの口紅に彩られたふっくらとした唇は、しとやかな和風美人だ。若いフェロモンが、匂い立つような白いうなじがまぶしい。

ノースリーブの水色のワンピースにぴったりと包み込まれた、くびれに富んだ肢体が肉感的だ。すんなりと伸びた二の腕の肌もきれいで若々しい。

「さっき話した翔太君だ。ほら、前に話したことがある、栄吉の幼なじみで、プロ野球チームのトレーナーをしていた」

すまし顔だった久美子の細い目が、はっと見開き、

「そ、そんなお偉い方が、私にマッサージを⁉」

「とんでもないです。一般の方をマッサージするのは今日が初めての新米です。こちらこそよろしくお願いします」

「どうぞ、よろしくお願いいいたします」

恐縮した顔で、久美子がぺこりとお辞儀をすると、Vの字に開いたワンピースの胸元から、豊満な白い乳肉が目に飛び込んできた。

翔太が慌てて目をそらすと、定吉が笑って、

「まるで、白桃のようなおっきいおっぱいだろ。だから久美子はピーチパイちゃんと俺に呼ばれるんだ」

「キャッ、旦那様ったら」

久美子が両手で顔を覆い隠すと、偶然にも彼女の肘が、胸の膨らみを真ん中に寄せ、またしても双の乳房の柔肉がVゾーンからこぼれ落ちそうに露出した。

Fカップか Gカップか分からないが、これだけ胸が大きかったら、そりゃ肩は凝るだろうな、と翔太は納得した。

切れ長の瞳に、どこか見覚えがあるような気がしたが翔太は思い出せなかった。

定吉はニコニコしながら、

「さ、挨拶も済んだことだし、さっそく寝室の方で翔太君に揉んでもらうと良い。俺は雑務を片付けるとしよう」

定吉は、書斎らしき部屋に入っていき、忙しそうに部下へ電話をはじめた。

町長と、会長を兼任するのも大変だ。

おまけに、三人の妻を養うのだから、とうてい自分にはできっこないと、翔太は思った。

「翔太さん、どうぞこちらへ」

久美子に案内され、奥の部屋へ向かう。

『甘吉』が所有しているというマンションは、真新しく立派な作りの2LDKだが、それだけに、家具がやけに少ないのが目についた。

広いリビングに不似合いな小型のテレビは、久美子が以前から使っていたものに違いない。

きっと、一夫多妻制が導入され、慌てて引っ越してきたせいだろう。

「さ、どうぞ。お入り下さいませ」

奥の部屋の扉を久美子が開ける。

一目で高級家具と分かる、立派なダブルベッドが鎮座していた。

八畳ほどの広さの部屋の大半を占めており、他の家具が少ないだけに、なおさら翔太に威圧感を覚えさせた。

ここは、夫婦の寝室ではないか。

「この部屋でマッサージするんですか？」

「そりゃそうですとも、ベッドはここだけだもん、いえ、ここだけですもの」

翔太の言葉が、予想外だったのか、久美子がぎこちない敬語でそう答えた。

夫婦のダブルベッドでマッサージをするのはやや気後れするが、出張マッサージの仕事は、そういうものかもしれない。

久美子が、ベッドの前でかしこまって正座をした。

「まぁ、そう硬くならずにリラックスして下さい」

「は、はい……」

まず翔太は、久美子に肩を回すなどの簡単なストレッチを数種類させ、毎日続けるように教えた。肩こりに最も効果的なのがストレッチだからだ。

筋肉のコリを揉みほぐす「手揉みマッサージ」は、あくまで対症療法。定期的に揉んでもらわないとまた肩が凝ってしまう。クセになってしまった客がリピーターとして通うため街のマッサージ店は繁盛しているが、あこぎな商売だし、自分としてはやりたくない。やるならリンパの流れを良くするリンパマッサージだ。

「では、はじめましょう。まずは俯《うつぶ》せになっていただけますか」

はい、と素直に頷いた久美子が、何を思ったかワンピースの肩紐とファスナーを下ろし、さっさと脱ぎはじめたではないか。

「あ、あ、いや、あの」

翔太がおろおろするうちに、白いレースのブラジャーから溢れんばかりの巨乳が、ぽろん、とまろびでた。剝《む》き出しになった乳肉は、豊かな弾力と瑞々しさに溢れ、ぷるぷると揺れ動いている。白桃というよりは、卵黄と生乳を固めた特大のプリンのようだ。

翔太は慌てて、

「ぬ、脱がなくてけっこうです。そのまま俯せに」

「失礼しました……エステでオイルマッサージを受けるときは、いつも脱いでいましたもので」

そういうことか……ああ、ビックリした。

久美子の体から、ほんのりと石けんのいい香りが漂ってきた。

ワンピースもよく見ると、バスローブのようなパイル地だ。

「入浴されました？」

「はい。少々汗をかいていたものですから、失礼のないようにと思いまして」

入浴後は、血行が良くなっているからマッサージしやすい。

「せっかく、血行が良くなっているのに、ブラジャーをしているのはもったいないです。僕、反対向いていますから、ブラジャーを取って、その上にワンピースを着ていただけますか？」

「承知いたしました……」

翔太は、久美子に背を向けて座った。

「そういえば、小学校はどちらです？」

世間話程度に聞くと、翔太たちが通った旭北第一小学校だと答えた。

「三学年下だから、僕が小学校六年の時の三年生か……僕、北野クリーニング店の一人息子なんですけど、知っています？」

「す、すみません……あまり昔のことは覚えておりませんで」

その声に、少し陰りがあった。嫌な思い出があるのかもしれないので、それ以上昔話をするのは、やめにした。

程なくして、翔太が声をかける。

「大丈夫ですか？」

「ええ」

うわ。ちっとも大丈夫じゃない。

振り返った翔太は度肝を抜かれた。

なんと久美子は、ブラジャーを脱いだまま、全裸で俯せになっているではないか。

なだらかな背中から、くいっと盛り上がったお尻の肉にかけての蠱惑《こわく》的な女体のラインに、翔太はクラクラしそうになった。

「どうして全裸なんですか。ふ、服を着て下さい」

「え……はっ！　そうでした。す、すみません」

久美子は、目を白黒させながら、起きあがって服を着ようとしたので翔太は慌てて、

「あ、いや、起きなくてけっこうです。そのまま俯せでいて下さい」

ふ〜、と翔太はため息をついた。……隣の部屋にご主人様がいるというのに、危うく、乳房を見てしまうところだった。

こんなおっちょこちょいで、よく秘書がつとまっているものだ。

見た目は、謙虚で賢そうに見えるのに……。

翔太は、訝《いぶか》しく思いながら、マッサージをはじめることにした。

肩こり解消のマッサージなら、俯せ状態のままでも、なんとかほぐしてあげられる。それに素肌の上からの方が、もちろんマッサージしやすいのだ。

さっそく翔太は、首の下から肩先に向かって流れている首のリンパを、四本の指の腹で軽く擦《こす》り下ろした。四指軽擦法というリンパマッサージである。

入浴から間もない久美子の肌は、ほどよく火照《ほて》り、しっとり潤っている。太い指で何度も擦るうちに、白いうなじがほんのりと薄桃色に染まってきた。

久美子の背中は、女性らしい曲線を描いた美しいなで肩である。

スリムグラマーと言えば聞こえはいいが、体幹が細くて乳房が大きい女性はやはり肩こりが激しい。背筋や胸筋を付けると多少負担が軽くなるが、一般の女性にはなかなか筋トレは続かない。

「久美子さん、もし本当に肩こりでお悩みなら、ブラジャーをせずに軽いジョギングを毎日続けてはいかがですか？」

「それで肩こりが治るんですか？」

「ええ。胸が小さくなりますから」

「そ、それは困ります……このおっぱいは、旦那様のお気に入りですから」

なんて律儀《りちぎ》な秘書兼妻なのだろう。

巨乳の女性が大好きな翔太は、定吉を羨ましく思った。

今度は、久美子の背中のあいだから、うなじに向かってのリンパ経路を、マッサージすることにした。

滑らかな女の肩胛骨《けんこうこつ》のあいだに四本の指を置き、首に向かって指の腹です〜っと撫で上げる。

「あっ……」

上ずった声を発した久美子が、美しい背中をぴくりと震わせた。

「スミマセン、くすぐったかったですか？」

「へ、平気です」

念のため、もっとゆっくり手を動かしてみよう。小刻みに触ると、まさにこちょこちょという言葉がぴったりなほど、相手がくすぐったく感じる場合があるのだ。

うっすらと汗ばんできた久美子の背中は、まるでスキンオイルを塗ったかのように滑らかだ。

もう一度、肩胛骨のあいだから、美しいうなじにかけて指の腹です〜っ、す〜っと二度三度、擦り上げる。

びくん、と顎を上げた久美子が、細長い指でシーツをぎゅっとわしづかんだ。

「く、くっ」

久美子が、端整な眉間《みけん》にしわを寄せ苦悶《くもん》の表情を浮かべた。

「そ、そこ、気持ちいい」

「気持ちがイイって、感じたってこと？」

「いやん、翔太さん、そんなストレートに言っちゃ」

久美子の耳たぶが赤く染まった。さらに翔太が、汗ばむ背中を丹念に擦っていくうちに、久美子は、足の指先を折り曲げて突っ張らせているではないか。

「……あ、あぁぁ」

声を震わせながら、お尻をぐっと持ち上げ、体をくの字に折り曲げて身悶える。

最初はふざけているのかと思ったがそうではない。

久美子は、背中が性感帯なのだ。

驚いた……背中を普通に触っただけでこれだけ感じる女性がいるとは。スポーツマッサージの経験は積んでも、女性経験がなかった翔太にとっては、衝撃の事実だった。

まいったな。足を突っ張らせるほど力まれては、筋肉をリラックスさせるどころか、むしろ逆効果だ。

「もう一度、ストレッチをやりましょう」

「ストレッチ？」

「こんなに力まれては、マッサージの効果は薄いと思われますので、ひとまずやめにして」

久美子が、す～っと翔太の手を握ると、指を絡ませ物欲しそうな目で見つめてきた。

「やめないで……」

感じたいのだ。隣に旦那がいるのに、なんて不謹慎なのだ。

だがお金をもらう以上、何らかのマッサージはしなければならない。

「では引き続きマッサージを続けます。壁の方を向いて、座っていただけますか」

壁際のベッドの縁に腰掛けてもらい、翔太は、肩のツボを指圧することにした。

「ゆっくりと息を吐いて下さい」

首の付け根と肩骨の真ん中ほどにあるツボ「肩井」を指でゆっくりと押していく。これを左右十回ずつ繰り返す。

中国式のツボ指圧はマッサージを受ける側に気持ち良いという実感がないため、ありがたがられないが、この際それはやむを得ない。

二回、三回。久美子は大人しく指圧を受けている。どうやら、肩には性感帯はないようだ。

しかし、ほんのり染まった耳たぶの赤味は相変わらずだ。

久美子の荒い息が聞こえてきた。

どうしたのだ？

背中側から、久美子の腕の不自然な動きが見える。前を覗き込んでみた。

壁の方を向いて座ったまま、彼女は、自分の股間をいじっているではないか。

ぽってりとした唇を半開きに、ハァ、ハァと息を弾ませて完全に発情している。

「うわ」

久美子が、翔太の右手をぐっと摑んでバストへ強引に導こうとする。翔太の掌に、ふんわりとした感触が一気に広がった。まるで絹ごし豆腐を摑んだときのようだ。大きく柔らかな久美子の乳房をもろに触ってしまったのだ。

「な、何をするんです」

「わたしの胸を、揉んでいただけますか。ここが凝っているんです」

「凝っていません。乳房には筋肉がないんです」

「お願い……体が火照って、変になりそう……」

もう一方の久美子の手が、翔太の股間に伸びてきた。ズボンの上から、肉棒の位置を的確に捉えると、五本の指を淫《みだ》らに動かす。綺麗に整えたネイルの先でコリコリと刺激されると、翔太の肉棒は、むくむくと膨張してきた。

うっ、と翔太が声を漏らす。

「ほら、翔太さんもその気じゃありませんか」

冗談じゃない。全裸の女性に触られたら、誰だって勃起するさ。

「やめましょう。定吉さんが来たらどうするんです」

「平気です……あの人も了承していることですから」

翔太は、必死に久美子を突き放し、部屋を出た。

定吉が了承しているって⁉

ノックもせずに書斎に入ると、定吉はのんびりと週刊誌を眺めていた。

「おじさん、一体どういうことです⁉　話が違いますよ」

「しょせん、還暦の俺が、三人の女房の相手をするのは無理だったのさ……経済破綻ならぬ、精力破綻とでも言おうかね」

定吉は若い「妻」の肉体を持てあまし、久美子を欲求不満にさせていたのだ。

「頼む翔太君、これ以上、久美子の欲求不満を増幅させたら絶対に夜抜け出してでも、男を漁《あさ》りに行く。それだけ性欲の強いお盛んな子だ」

「まさか、そんなことはしないでしょう……会長の秘書ともあろうお人が」

　定吉が、一呼吸置いた。

「じゃ、翔太君はやっぱり、あの子を覚えていないんだな」

「と、言いますと」

「両親の離婚で名字は変わったが、小学校時代は〜ヤリ万田〜と呼ばれた、万田久美子だ」

　ヤリマンダ……ヤリ万田……思い出した！

　翔太が小学校の五、六年になったときだった。低学年に、早熟でものすごく胸が大きな女の子がいて、やんちゃな海斗らは、休み時間に胸をさわりに行っていた。

　するとその女の子は抵抗もせず、むしろ子供ながらにあっはんうっふん感じた声を出したと、海斗たちは手柄のように言いふらしていた。

　さすがに学校で問題になって、誰もそんな悪ふざけはしなくなった。

　中学高校は三学年違いですれ違いのため、翔太もその後のことは分からなかった。

「可哀想なのは久美子だ。聞けば九歳で初潮を迎えて体は立派な女だった。それで海斗君らに散々触られ、快楽というものを知ってしまった……まだ善悪の判断が付く年になる前にだよ」

十一歳で親戚の男の子と初体験を済ませてからは、何度も不純異性交遊で補導されたことがあるという。

両親の離婚を機に、しばらくは母方の故郷、札幌で暮らしていた。

「俺も、深くは聞かないが、おおよそ色々としんどい仕事は経験したと言っていた。ま、苦労したんだろうな」

それでも久美子は、生まれ育った旭北町が恋しかった。

小さい頃に和菓子を食べた想い出のある『甘吉』が、大会社に成長したのを知り、求人に応募してきたのだ。

「あまりの色っぽさに俺は、即刻採用した。仕事は素人《しろうと》だから、手元に置いて徹底的に作法を教え秘書にしたんだ」

なるほど……好色な秘書の背景にはそういうことがあったのか。

「俺も、ついつい久美子に高い服を買い与えて、自分の女にしてしまったが、性欲の強さは相変わらずで……若い社員をしょっちゅう自分のアパートに引っ張り込んでは、くんずほぐれつヨロシクやっていたようだ」

一夫多妻制が導入されても、久美子の好色さを知る栄吉や、他の財力ある男も、誰も自分の「妻」にしたいとは思わない。そこで経営のトップで行政の長である定吉が、やむなく娶ったのだ。

「この俺に、毎晩のように求めてくる。とてもじゃないが体が持たん」

早い話が、翔太に相手をしてくれ、というのだ。

「冗談じゃありません、どうして僕が、間男《まおとこ》にならなきゃいけないんですか」

「頼む！　俺の妻が外で遊んでいたとなれば、秩序が乱れる」

「ですから、一夫多妻制そのものに、無理があるんです」

翔太は、ここぞとばかりに食い下がったが、定吉は、

「養える奴が養わなかったら、女たちは路頭に迷う！　国道沿いでよそ者に体を売る奴も出てくる。きれい事では、メシは食えないんだ！」

「おじさん、いや、町長……本当に栄吉を説得して、輝也、海斗の女房を解放してくれますか？」

「もちろんだ。さっきも、そう言ったじゃないか」

「できれば、一両日中に、僕の立ち会いの下で、栄吉を説得していただきたい」

翔太が、強く言うと、定吉は真顔で承諾した。

それならば、久美子を抱くしかあるまい。

「分かりました。久美子さんの欲求不満は、僕が解消いたします」

かたじけない！　と定吉は深々と頭を下げたが、すぐに頭を上げた。

「ものは相談だが、ほんの少し、覗かせてはくれないか……きみのような若い男に、どれだけ久美子が乱れるのか見てみたいのだ」

「ええ!?　無理ですよ。AV男優じゃないんですから、他人に見られながらなんてできません」

本心を言うなら、秘め事が済むまで定吉にはマンションから出て行って欲しいくらいだが、主の定吉にそうとも言えない。

「絶対に聞き耳たてないで下さいね」

と、念を押し、翔太は音楽を聴くために持ち歩いている小型のヘッドフォンを定吉に渡し、書斎のステレオで音楽を聴いていてもらうようお願いした。

翔太は、寝室に戻って、役目を果たすことにした。

大変な任務を仰《おお》せつかってしまった。友の妻を解放すべく、栄吉を説得してもらうために、定吉を一夫多妻によるセックス地獄から解放してあげるのだ。

翔太が寝室に入ると、久美子は一糸まとわぬ蠱惑的なフルヌードでベッドに座っていた。こちらを見た表情が、ぱっと明るくなった。

「翔太さん」

大きな胸をゆっさゆっさと揺らした豊満な裸体が小走りに近寄ってくる。翔太の首に細い腕を回し、双の乳房をすり寄せて抱きついてきた。とろけるような柔肉の感触が伝わってくる。すっかり発情している若い女の体からは、ほんのりと汗の臭いが立ち上ってきた。

「んもう、何をしていらしたのよ、待ちきれないわ」

う、うぐ。

久美子が、積極的にディープキスを仕掛けてきた。

翔太の唇を割り開くと、なめくじのように湿った舌を送り込んでくる。男の舌に巻き付かせると、鼻を鳴らして唾液を送り込んできた。舌がからまるにつれ、熱い唾液がどくどくと溢れる。淫らな舌の動きにかき回され、翔太は下半身が熱くなるのを覚えた。

だがいきなりセックスをするというのはやはり気が引ける。

「では、引き続きマッサージを」

「まぁ、焦《じ》らすのがお上手な方。狂おしいですわ。ぷんぷん」

久美子が頬を膨らませて、可愛らしくすねた仕草をする。翔太と定吉の話が付いたことを悟って、さっきよりはリラックスした表情だ。

「その前に、私もご奉仕してさしあげますわ」

久美子がすっと腰を落とし立て膝で座ると、素早い手つきで翔太のズボンをパンツごと下ろした。半立ち状態のペニスが顔を出す。

「あ、いやそんな……」

「遠慮なさらずに」

久美子が肉棒に片手を添えて顔を近づける。唾液で濡れ光った唇から、妖しく舌が出てきた。先端をぱくっと口に含むと、舌の先を亀頭に這《は》わせ唾液をまぶしながら、ねっとりと舐め回してきた。温かみのある感触が海綿体にじんわりと広がる。

久美子の白い歯の奥で舌が小刻みに動いているのが見えた。尖らせた舌で、亀頭の縫い目に沿ってちろちろと小刻みに舐め回してきたのだ。竿の裏筋を唾液まみれの舌が蛇のように這いずり回る。うっと、痺《しび》れを感じた。

すごいテクニックだ。とても企業の秘書とは思えない。

久美子が唇をすぼめて竿を締め付けてきた。唾液をすすりながらずずっと肉棒を呑み込んでいく。すっぽりと口の中に根元までくわえこむと、顔を上下に激しく揺さぶりだした。肉厚の唇をきゅっとすぼめ頬をへこませて翔太のモノをしごき立てる。喉の奥から、うぐぅ、という呻き声がした。

神経が揺さぶられ、下半身全体に痺れるような快感が広がる。海綿体がむくむくと膨張しはじめた。

「うっぷ……やっぱり元気ですわね。チョット舐めただけでもうビンビン」

肉棒から、いったん口を離した久美子は目をキラキラさせた。

久美子が、Gカップはあろうかという巨乳の谷間を、唾液でぬめった翔太の肉棒にあてがったではないか。

ひょっとしてパイズリ？

久美子が、豊かな双の乳房を両手で中央に寄せて、翔太の肉棒をやんわりと挟みこむ。

柔らかな乳肉に肉棒が包みこまれた。唾液の泡ぬめりと肌のひんやりとした感触が、熱を帯びた亀頭を刺激する。

「熱い。若さを感じますわ」

久美子が、上目遣いにぞくりとする眼差しを向けながら、グラマーな体を上下に動かす。柔らかく形をひしゃげた乳肉の谷間で、ぬめった肉棒が見え隠れする。張りつめた乳肉の温もりが、雁首からシワ袋までをぎゅっと圧迫してきた。

肉棒がヒクヒクと戦慄《おのの》いた。まるで、皮膚と海綿体がとろけてしまいそうだ。

漲《みなぎ》る肉棒が、びくんと跳ね上がった。

久美子の切れ長の瞳が妖しく光った。

「さっ、こちらへ」

久美子が、翔太の手をとってベッドに誘うと、乳房を見せつけるかのように仰向けに横たわった。

きめ細やかな薄桃色の美肌と、肉感的で丸みを帯びたボディーラインからは瑞々しい女の色香が漂っている。

お椀のように盛り上がったボリュームたっぷりの乳房は、仰向けになっても形が崩れていない。

女体に見惚れている場合ではない。

好色な秘書を、絶頂に導かねば。

「では、バスト回りから、マッサージしていきます。深呼吸して、リラックスして下さい」

と、丁寧な口調で翔太が言うと、目を閉じていた久美子が、クスッと笑みを浮かべた。

「なんて真面目な方……翔太さんこそ、リラックスなさってね」

翔太は、左右の乳房の膨らみの周辺を、ゆっくりと弧を描くように指の腹で撫でた。

久美子の口から、熱い吐息が漏れた。

「……焦らしちゃイヤ」

翔太は、山脈のように連なる乳房を、下からすくい上げるようにじんわりと揉みしだくと、久美子が、身を捩《よじ》った。手のひらでは包みきれない豊満な乳肉が、緩やかに波打ってひしゃげた。柔らかさと、指先に吸い付くほどの弾力に満ちている。

もう少し、強めに揉んでみよう。五本の指で、乳房を揉みつぶし、芯を激しく踊らせた。

「んんっ」

久美子は眉間にしわを寄せ、裸体を海老反らせて身悶えた。

物欲しそうな瞳で、翔太の股間の漲りをまさぐってきた。

「この〜ツボ押し棒〜で、私のお股を突いて下さる」

「それは〜ツボ押し棒〜じゃありません」

「私、貴方のようなスポーツマンが、タイプなんです」

久美子が翔太の指をギュッと握って秘園に導いた。漆黒の茂みは、ひんやりするほど愛液で濡れそぼっていた。

健康で若くセクシーな女性が、還暦の男に囲われているのだ。切なげな目で見つめられた翔太は、久美子を不憫《ふびん》に思った。

彼女の望み通り、己のツボ押し棒で欲求不満を解消してあげることにした。

みっしりと肉付いた太腿に、翔太が手を触れると、久美子の方から、両脚をす〜っとMの字に割り開いてきた。

すました顔をしているが、なんて淫らなのだ。

翔太は、硬度を増した肉棒を握りしめ、白い太腿の間に入った。張り詰めた亀頭で、ぷっくりと膨らんだ肉びらを丸く押し広げながら、中へ滑り込む。

ジュルッと淫猥な水音が鳴った。

「……ああ」

久美子が嬌声を発し、まろやかなお尻を翔太の股間にピッタリと密着させてきた。

妖しく収縮する蜜壺から、粘っこい愛液が湧き出て、亀頭を奥まで招き入れる。肉厚の女の襞が、肉棒全体に吸いつくように絡んでくる。海綿体が早くも、熱く嘶きはじめた。

自分が先に果ててしまっては元も子もない。

翔太は唇を嚙《か》みしめ、ゆっくりと抜き差しを始めた。

久美子が、もどかしさに耐えきれず、激しく腰を打ち振ってきた。

「あ、あうっ……もっと奥まで、突いて」

久美子が、懇願するかのように、白い腰を淫らに揺すぶり回してきた。大きな乳房がたぷたぷと卑猥な音を立て、艶やかな美肌を打ちならしている。

黒々とした乳首を、翔太が指でさすった。

「ああっ、いいいっ」

久美子が、口紅が剝《は》がれかけた唇をだらしなく開き、翔太の髪をつかんで掻きむしった。黒髪を振りたて、腰をクイクイと自分で動かしている。

淫乱秘書の身悶えぶりに、男の情欲がいっそう昂る。

さて、キャッチャー時代に培《つちか》った、ささやき作戦に出てみるか。

翔太は、久美子の耳元で、

「そんなはしたない大声出したら、ご主人に聞こえますよ」

「いやっ、いじわる」

これ見よがしに翔太が、パンパンと腰をたたき込む。肉棒の先端が膣の奥の壁を突くたびに、蜜液が溢れ、粘っこい音が結合部分から沸き立ってきた。

「ひぃいい」

久美子が、甲高い声をまき散らし、翔太の体にしがみついてきた。

大ぶりな乳房に翔太の顔が埋もれる。ねっとり汗ばんだ薄桃色の肌の温もりが、翔太の顔を圧迫する。背中には、久美子の爪が、くい込んで離れない。

「ああ、イイ、イイッ」

桃尻が跳ね踊り、快感の大波が女体の内側へうねる。肉びらが蠢き亀頭を締め上げたまま、ぎゅっとしならせた。

女の淫らな情欲が、嬌声と共に沸き上がり、汗でぬめ光った女体がピクリ、と引きつって強ばった。

その次の瞬間、海綿体がドクドクと脈打つ。翔太が呻き声を上げ、堰《せ》きとめていた白濁液が一気に噴出した。

翔太は、マッサージと、滾《たぎ》ったペニスのパワーで、熱戦の末に、久美子を絶頂に導くことができた。

「ふ〜……翔太さんのあそこ、ホントに野球のバットだわ」

「おっす。おつかれさんでした」

翔太が帽子を取る仕草をしておどけると、久美子は、超ウケる！　と今どきの若い女性らしく、大きく手を叩いて笑った。

翔太が、服を着て書斎へ報告に行った。

定吉はヘッドフォンを耳にあてがい、ふんふん、と首を動かしリズムを取りつつ、背を向けて座っていた。

「あの、とりあえず終わりました」

声をかけても返事をしないので、翔太はステレオのボリュームを下げようとした。

あれ!? ボリュームのつまみが、最小になっているぞ。

なんてみえみえの小芝居をするんだ。

「おじさん! ひどいじゃないですか。あれほど聞き耳を立てないでくれ、ってお願いしたのに」

「いやぁ、すまんすまん。妻が満足しているかどうか、ちょいと気になったもんでな。はっはっはっは。それも杞憂《きゆう》だったよ。久美子の声は、まるで西洋ポルノの女優のようなハッスルぶりだったからな」

別室で「妻」の甲高い悦楽の喘ぎを聞かされた定吉のズボンの股間部分は、心なしか膨らんでいた。

「ところできみは、若いからバイアグラなんぞは使ったことはないんだろうね」

「ありませんが……どうして?」

「妻の体が、きみの繊細な指と折れぬ股間のバットに翻弄《ほんろう》されて喘ぎまくっているのを聞いたら、無性に自分も年甲斐もなく、天狗の鼻のように漲りたいと思ったのさ」

「薬はやめましょうよ、おじさん」

翔太はきっぱりと言った。スポーツトレーナー時代に、選手がバイアグラを個人輸入して試したという話を聞き、自分なりに調べてみたことがある。結果、翔太は、選手への「服用絶対禁止」を文章にして球団側に提出した。

「安全性には疑問が残ります。子作りで悩む若い夫婦ならいざしらず、快楽のために、薬品を使用するのは危険です。それにおじさんは体脂肪もやや多いと思われますし、心臓に負担はかかっているはずです」

「分かったよ、翔太君。そこまで俺の体を気づかってくれるなんて、なんて優しいんだ。栄吉は本当に良い友達を持った」

話が、栄吉のことに及んだので、翔太はもう一度、念を押すように言った。

「じゃ、おじさん、輝也と海斗の妻を、解放してくれるように、栄吉への説得、お願いしますよ」

「もちろんだとも。今夜はご苦労だった。また性感マッサージ、よろしく頼む」

定吉が笑顔で渡したご祝儀袋を、翔太はありがたく受け取ったが、「性感マッサージ」という、風俗業のような肩書きはかんべんして欲しいと思った。

翔太のもとに久美子から電話がかかってきたのは、翌日の夜、翔太が実家の自室でくつろいでいるときだった。

良くない報せだった。

定吉が、不整脈で病院に運ばれたのだ。

「まさかおじさん、バイアグラを飲んだのか!?」

「いえ……そんな能天気な理由じゃありません」

久美子が深刻な声で話すには、定吉は栄吉の家に説得に向かったものの、口論の末に失敗。昂奮して気持ちが昂ったあげく、久美子の部屋へ戻って、酒を飲み過ぎたことが原因だった。

幸い大事には至らず、定吉は点滴治療だけで帰宅したという。

話し手が定吉に替わる。

「……翔太君、すまん。栄吉は、ちっとも俺の言うことを聞いてくれん。輝也と、海斗の妻を解放したことが知れたら、町民に示しが付かない。一夫多妻制のルールが緩んでしまうからと」

栄吉はそう言うだろうが、父親ならそこを説得して欲しかったんです……とは、さすがに翔太は言えなかった。

「おじさん、とにかく今は、十分休んで下さい。元気になったら、またご相談します」

そう言って翔太は電話を切った。

心臓の病は、厄介だ。たとえ不整脈で、大病ではないとはいえ、心臓に少しでも不安があると、人は無理をしなくなり、弱気になってしまう。

栄吉への権力の移行が、いっそう加速するに違いない。

翔太は悩んだ。

町の復興。それに絶対不可欠な、輝也、海斗など、町民に影響力を持つ野球部仲間と栄吉を、どうやって仲直りさせるか。

もはや定吉は頼れず、自分で立ち回るしかないが、正面切って、今の栄吉に訴えても跳ね返される。

さて、どうする。

ふと、目の前のサイドテーブルのご祝儀袋が目に入った翔太は、定吉の言葉を思い出した。

「また性感マッサージ、よろしく頼む」

定吉のように、多妻たちの性欲に対処できない一夫は、他にもいるはずだ。

ひょっとしたら僕は、この異常事態の町で、うまく立ち回れるかもしれない。

出張マッサージを生業《なりわい》にするだけでなく、時に性感マッサージを武器に、女性たちと親しくなり、情報を聞き出せるからだ。

翔太は、栄吉に娶られた輝也の妻・沙織と、海斗の妻・麻美が、一夫多妻という異様な状況の中でどういう精神状態なのかをチェックし、偵察することにした。

まずは、相手の懐《ふところ》に入ることが重要なのだ。

翔太は「癒し&リフレッシュマッサージ・翔太堂」の看板を掲げると共に、栄吉らにダイレクトメールを送った。

いつしか一夫多妻制度の施行から、二週間が経過していた。

すると、ダイレクトメールを読んだ栄吉から、さっそく翔太のもとに電話がかかってきた。

「読んだぞ翔太。お前のその顔で人に癒しを与えられるかどうかは知らんが、マッサージはうまそうだな」

「ははは、褒《ほ》め言葉と受け取っておくぜ。早速の電話、ありがとう。女性向けの痩身マッサージもできるし、奥さんたちにどうだい？　昔のよしみでサービスするよ」

「おう。俺と妻たちのファミリーが、お得意さんになってやるぜ」

俺と妻たちのファミリー……スごい響きだ。

「今から俺の家に来ないか。ちょうど、俺の誕生日パーティーをやっているところなんだ」

「誕生日パーティーだって？　友達なのに、招待してくれないなんて水くさいじゃないか」

「まぁそう怒るな。友人を招待するほど大々的なものじゃない。しょせんは女房たちだけ、内輪の宴さ。ま、とにかく来てくれよ」

三人の妻をはべらせてのパーティーというわけか。

偵察するには好都合だ。

翔太はさっそく栄吉のマンションを訪れることにした。

栄吉から教えてもらった住所へ行くと、煉瓦造り風の真新しい五階建てのマンションが建っていた。

一階の壁に記されたマンション名は、『スイート・ハッピー・ハウス』。

なんという滑稽《こっけい》な名前だろうと思ったが、その下に小さく書かれた文字を見て、納得した。

『甘吉第一社員寮』。スイート・ハッピーは、『甘吉』の直訳だ。

一階部分は駐車場のみ。二階から五階まで五世帯ずつ、全部で二十世帯分のキャパシティーだが、エントランスにある表札を見ると、入居しているのはまだ数家族のようだ。

え？　その表札を見て、翔太は驚いた。

二〇一「麻美」。三〇一「節子」。四〇一「沙織」。五〇一「小俣栄吉」とあるではないか。

栄吉は、多くの一夫多妻の主たちのような「通い婚」ではなく、所有しているマンション内に、三人の妻にそれぞれ一部屋ずつ与えて住まわせているのだ。

そして自分は最上階のペントハウススタイルの広いフロアーを独占している。

一階のエントランスまで迎えに来てくれた栄吉に、翔太が聞いた。

「お前、どうして通い婚にしないんだ？」

「通い婚だって？　バカ、それじゃあつまらねえじゃんか。やっぱりハーレムの王様がいちばんだぜ。一つ屋根の下に女たちをはべらすのさ」

企業の若社長となった栄吉だが、堅い話を抜きで接するとフレンドリーだ。

栄吉は、エレベーターに乗ると自慢げな顔で言った。

「やりたくなったら女の階に、すぐに降りていってエッチをしまくるのさ」

これまで、女性にもてたことがなく、初めて女性に大事にされる立場についた栄吉は、ハーレムのような状態が嬉しくてたまらないようだ。

「沙織は小学生の時から、片思いだったし、節子先生を思い浮かべて百回はオナニーしたからな。好きな女を養う、男冥利《みょうり》に尽きるぜ！」

「まったくうらやましいかぎりだ……で、もうみんなとエッチしたのか？」

「みんなってわけじゃない」

……ならば誰とセックスをして誰とはやっていないのか？

翔太は友人の妻、沙織と麻美のことが気になった。

「一番、俺に尽くしてくれた女と、いつか籍を入れるつもりだ。ま、本妻にするってわけさ」

「だ、誰とだい？」

「うははは、むきになったところを見ると、沙織か誰かに惚《ほ》れているな、おぬし」

「バカ言うな」

元々独身の栄吉は〝玉の輿〟を餌《えさ》に、女たちを競《きそ》わせようとしているようだ。

「ま、まんざらでもなさそうな女もいるしな。さぁて、誰にしようか、楽しみだぜ」

まんざらでもなさそうな女？　一体誰のことなのか。

エレベーターが最上階につき、栄吉のペントハウスに入る。

3LDKでガラス張りのまさにペントハウスだ。

天井が高く、広々とした玄関に入ると、カラオケで英語の歌を歌う女性の声が聞こえてきた。

「ひょっとして節子先生の声かい?」

「ああ……誕生日パーティーと言っても、やることはカラオケとゲームだな」

栄吉が、頭をポリポリかいて照れくさそうに言った。

広さにして二十畳ほどもあるリビングに入る。

翔太は、違和感を覚えた。

モノトーンで統一された、インテリアの趣味は良いとして、パーティーと言うにはあまりにもよそよそしく冷めた雰囲気だった。

十人ほど座れる大きさのL字型のソファーには、歌っている節子、そして麻美、沙織がぽつん、ぽつんと離れて座っている。まるで男の子のようなオーバーオールを着た沙織に至っては、カラオケの映像が流れている大画面テレビには目もくれず、両手で携帯ゲーム機を黙々と操作している。

妻たちをはべらす、という栄吉の願望にはほど遠いようだ。

一夫多妻が同じテーブルを囲んで飲み食いするなんぞ、土台無理があるのだ。

栄吉は、三人に言った。

「特別ゲストを連れてきたぞ。みんな、翔太のことは知っているよな」

「こら遅刻だぞ、翔太！　なんちゃって」

とおどけたのは、マイクを持っていた節子だ。純白のテニスウエアを身に纏《まと》い、スコートからは、むっちりとした太腿を惜しげもなく晒していた。そういえば英語教師の節子は、硬式テニス部の顧問でもあった。

ゲームに熱中していた沙織がやっと顔を上げ、

「やっほ」

と、片手をちょっと上げて微笑んだ。

なんて可愛い仕草だ。

もっと見ていたかったが、沙織はすぐに顔を下げてゲームを続けた。

栄吉の隣に座り、甲斐甲斐しく水割りを作りはじめた麻美は、黒目が印象的な化粧映えのする瓜実顔の美人だ。ぽってりとした唇が色っぽい。

栗色の長いソバージュヘアーを靡かせ、艶やかな笑みで両手を上品に膝の上に置き、

「翔太さん、ご無沙汰しております」

「いやぁ、ホントご無沙汰です。たしか、海斗との結婚式以来でしたっけね。……あ、しまった」

「コラ、余計なことを言うんじゃねえ！」

栄吉がすぐに翔太に、パンチをする真似をしたので、麻美が笑った。

「良いのですのよ、あんな別れた男のことはとっくに忘れちまったもの」

麻美がきゅっ、とグラスの赤ワインをあおった。

別れた？　海斗と離婚をしていたのだろうか。ま、あとでおいおい調査することにしよう。

麻美は、胸元がざっくりとUの字に開き、腰までスリットの入った黒のセクシーなパーティードレスだ。足を大胆に組み替えると、黒の網タイツに包まれたしなやかな脚線美が男心をそそる。手足がすんなりと長くバランスの取れたスリムグラマーだ。

翔太がつい目を奪われていると栄吉が、

「みんなには、自分がいちばんセクシーに見える服！　というテーマを与えたんだ」

「私はここ一番、気合いを入れたときのパーティードレスよ！」

麻美が色っぽく、しなを作ってそう言うと、負けじと節子が、

「野球部のあんたたち、鼻の下をびろ〜んと伸ばして私のスコート姿を見に来たでしょう」

「いやぁ、さすが節子先生は、男心を分かっているぜ」

「うふふ、今日は貴方の誕生日だから大サービス、ちらっ」

スコートをチラリとまくって、ぴちぴちした太腿を見せつける。

みっしり肉付いた太腿に食い込んだピンクのショーツまで見てしまい、純朴な翔太は思わずうぉっ、と声をあげる。

くすっと沙織が笑うと、栄吉が、

「なのに沙織だけ、無視しやがって。オーバーオールの何処《どこ》がセクシーなんだ！　ペンキ屋の小僧じゃあるまいし」

「私がセクシーだと思うんだから良いじゃん」

顔を上げずに沙織が、不機嫌そうにそう言うと、栄吉がちぇっと舌打ちをする。まるでドラフト一位の大物ルーキーを手懐《てなず》けられていない二軍のコーチの表情だ。

沙織は、まだ体も心も許してはいるまい。

直感で、翔太はそう思った。

翔太は男女のことには疎《うと》いが、野球のキャッチャー、そしてプロ野球チームのスポーツトレーナーで培《つちか》った洞察力には自信を持っていた。

「ま、突っ立ってないで、カラオケでも歌ってくれ」

「おいおい栄吉、僕が音痴だって知っているだろ」

「音痴が歌った方が盛り上がるんだよ！　ほら」

といって、歌本を投げてよこした。

しかたなく翔太が、北海道出身のアーティストの大ヒット曲を、音程など気にせず、「なが〜〜〜い夜は〜〜」

と、調子っぱずれで熱唱すると、沙織までも笑いだし、宴は大爆笑となった。

きっと栄吉は盛り上げ役が欲しかったに違いない。ピエロに徹しながらも翔太は、そう思った。

女たちをはべらせる！　もてなかった頃の夢を、一夫多妻制になった今、自分の誕生日パーティーで叶えようとした。そして、節子、麻美、沙織、三人の妻に、「自分がいちばんセクシーに見える服」とドレスコードまで考えて、ペントハウスに呼んだのはいいが、ぎくしゃくした座を、どう盛り上げれば良いか困っていたのだ。

カラオケをしたいわけでもなく、やむなく興じているに違いない。手をこまねいているのだ。

願わくは、古代王朝の王様のごとく両側に女をはべらせ、片方ずつの乳をもみもみしたいところだろうが、そうは問屋が卸さない。

友人の妻二人と、元教師なのだ。

「沙織ちゃん、ジュースのお代わりいるでしょ。グラスをこっちによこして」

「……先生、すみません」

沙織がぺこりと頭を下げ、グラスを節子に渡した。

土台無理のあるシチュエーションではあるが、殺伐《さつばつ》とした雰囲気にまではならないのは、三人が顔見知りだからだ。

「ねえ、栄吉さん、私とデュエットしていただけるかしら。このあたりのページがデュエット曲よ。どれがいい？」

そう言って麻美が、隣の栄吉に、さらに体を密着させて歌本を見せた。

カラオケやＴＶゲームに興じている栄吉と妻たちの様子を見ているうちに、四人の関係が少しずつ分かってきた。

まずは、麻美。海斗が最も羽振りが良かった頃、札幌で知り合ったクラブのホステスだ。

栄吉に小まめにお酌をしたり、隣に座ってデュエットしながら栄吉の膝にさりげなく手を置くなど、モーションをかけている。ソファーから立ち上がって、キッチンの方へ行くときにも、そっと栄吉の肩に手を触れてから席を離れる。スキンシップが抜け目ない。

栄吉が、エレベーターで話していた、まんざらでもない女とは、麻美のことなのか。

本妻の座をいちばん狙っていそうだ。

栄吉が歌っている間に、翔太がさりげなく麻美に聞いた。

「海斗君と別れたって、ほんとですか？」

「ええ。半年前にきっぱりとね。あんな女ったらし、こっちから三行半《みくだり》よ」

麻美は、もうその話はしたくないと言わんばかりに、すぐに栄吉の歌に合わせて手拍子をはじめた。作り笑顔を見せるが。アイシャドーが色濃くぬられた目は笑っていない。

「スミマセン、余計なことを言っちゃって」

「気になさらないで」

「ところで、麻美さんは、この町の出身ではなかったと思いますが、どうして、実家に戻らなかったんですか？」

「ううん、一応故郷は札幌なんだけど、親が離婚してまた再婚したり、ちょっと複雑で身寄りがないのよ」

そこで、離婚後も旭北町に残り『旭北電子』近くの喫茶店で働いていた。だが、倒産と共に、喫茶店も閉店してしまった。

そして、解雇された多くの『旭北電子』の社員と共に、『甘吉』の菓子工場で働き出したところを、栄吉に見初められる形で、妻となったと言う。

海斗と別れたのなら、栄吉の妻になろうが、誰と結婚しようが本人の自由ではあるが……。

「さぁさぁ、テンションあげていきましょうね。一人が歌い終わる前に必ず次の誰かがリクエストを入れるのよ。それそれっ」

元ホステスの麻美が、なんとか盛り上げようとしていた。

続いて、乙川節子。栄吉とは最も会話が弾んで仲は良さそうだ。

元を正せば、元マドンナ先生と、スカートを捲《めく》って叩かれたこともあるドジな生徒の関係だ。共通の話題も多い。

しかし、「飲み過ぎちゃダメですよ、栄吉君」と、色っぽい笑顔を投げかけている様は、まるで女教師役の女優のようで、無理に表情を作っている気がしないでもない。

節子本人から聞いた家庭の事情で、やむなく栄吉の妻に甘んじているのではないか。

節子が、英語の懐かしいヒットソングを歌っている間に、栄吉が翔太の耳元で話しかけてきた。

「そういえばお前、あのとき節子先生とカーセックスしようとしたのかよ?」

「な、何を言うんだ」

「へっ、ま、そう赤くなるなって。先生から聞いたぜ。しつこい男が声をかけてきたから、たまたま近くにいた翔太の車にのっけてもらったって」

「……ああ、確かそうだったな」

「俺が先生に、カーセックスしたのか？　結構良い雰囲気で話し込んでいたじゃねえか、って聞いたら、なんて答えたと思う？」

「い、いや……」

「『教師をしていた頃を思い出し、あの頃に帰りたくて、涙腺がうるうる！　たぶん、髪を撫でられただけでも、おまたが濡れ濡れになっていたと思うけど、翔太君は指一本触れてこなかった』ってよ」

お前は本当に奥手だな、と言って栄吉は、小馬鹿にしたように笑った。

なるほど、節子先生は栄吉に、そういう嘘をついていたのか。

ま、あの車の中でのことは、僕の青春の想い出としてしまっておこう。なにせ、記念すべき初体験なのだから。

最も気になるのが、翔太の初恋の相手でもある、沙織だ。

沙織は、明らかに、栄吉を毛嫌いしていた。

沙織ちゃんも歌いましょ、と麻美に何度も促され、仕方なく栄吉と一緒にデュエットまではするが、栄吉が肩に手を回すと、その手を押し戻していた。

「堅いこと言うなよ」

と栄吉が口を尖らせても、「だぁめ」と背を向け、涼しい顔で歌った。

「ちぇっ」

栄吉がいじけて舌打ちした。

翔太が宴に混じって暫《しばら》くはまともだったが、徐々に栄吉が、それぞれの妻たちの隣に座っては、肩を組むなどべたべたし始めた。

沙織が我慢しきれずに、すっと立ち上がった。

「私、気分が悪いから帰る」

「帰るだと!?」

栄吉は、グラスの酒を一気にあおって声を荒らげた。

「薬ならあるし医者も呼んでやる。気分が悪いなら俺のベッドで寝てろ。今宵は、俺の誕生日なんだ。勝手に帰ることは許さねえ」

翔太はその場を収めようと、

「沙織ちゃん、足の裏でもマッサージしてあげようか、気持ちいいよ」と誘ったが、沙織は遠慮したのか断った。

沙織の顔色は悪くないので、きっとこの場にいたくないのだろう。

翔太は沙織にさりげなく名刺を渡して、囁いた。

「何かあったら連絡して」

沙織は小さく頷くと、

「陽菜が心配だけど、こんな有様じゃ田舎《いなか》に呼べない」

ぽつりと言った。

妹の陽菜がダンサーの仕事が減って、コンビニのアルバイトで食いつないでいるという。

〝帰ってきなよ〟とすら言えないなんて、故郷じゃない。

翔太は切なく思いながら、トイレに立った。

翔太がトイレで用を足して戻ってくると、そのほんの数分の間に、場の空気は変わっていた。

ほろ酔いの栄吉が、隣に座っていた節子にべったりと密着しては、肩に手を回し、デュエットしながらむっちりとした太腿を触りはじめた。

「おい翔太、あとで脚のマッサージをしっかりと教えてくれよ。ちなみにバストはこう揉むのか、こう」

やがて栄吉は、露骨にポロシャツの上から、節子の豊満なバストを揉みはじめた。

「ダメよ栄吉君、こんなところでおいたをしちゃ！　停学処分よ……う、うぐ」

有無を言わさず節子にキスをし、強引に服を脱がした。

レースの下着をまとった元マドンナ教師の日本人離れした肉体が露わになった。

栄吉は、沙織に冷たくされた鬱憤を晴らすかのように、節子の体を弄《もてあそ》んでいる。

翔太は見かねて、

「おい、いくら何でも栄吉、こんなところで」

「お前は引っ込んでいろ！　俺に逆らうなら、町からたたき出すぞ」

翔太が、引き下がったのは、凄《すご》い剣幕で睨《にら》まれたからではない。

「い、いやっ……はうっ」

節子が、ショーツの上からしつこく股間を触られているうちに、喘ぎ出したからだ。

グラマラスな女体をびくんびくんと淫らに震わせている。一夫多妻とは言え、感じている妻への愛撫を、他人の分際でやめろと言うわけにはいかない。

一方、沙織はどうすることもできずに、ただ目をそらしている。

麻美は複雑な表情で、ちらちらと盗み見している。

「俺に逆らうことなどできない」

とでも言いたげに、栄吉はこれ見よがしに、節子のテニスウエアを脱がし、下着まではぎ取った。ズボンを下ろすと小柄な体にしては立派な屹立を、元女教師の茂みに挿入した。

「……はぁっ、いいわっ」

節子の磨きぬかれた白い肌が紅潮してきた。

「おら！　どうだ！」

栄吉はパワフルな腰遣いで、元マドンナ教師の尻をくねらせ、部屋中に響き渡るほどに甲高く喘がせた。

ガンガンと突きまくる栄吉のピストン運動に、節子は巨乳を揺らめかせ顎をしゃくり上げてよがっている。

曲がりなりにも初体験の相手が、他の男のイチモツに突きまくられ感じまくっているのだ。悔しいはずだが、あまりの節子の淫らな喘ぎぶりに、翔太の股間までも熱く滾ってきた。

栄吉が節子を抱きながら、翔太に言った。

「お前も、死ぬ気で仕事しろ。稼いだら、俺みたいに何人もの妻を抱けるぞ！」

悔しいが翔太は、栄吉の立場がうらやましくもあった。

今の栄吉に「インチキ菓子屋の息子！」と、いじめられていた頃の面影はない。

節子をセックスで屈服させている顔には、オーラのような目力さえ備わっている。いわゆる、勝ち組の人間の活力とは、こういうことなのか。

沙織は、他人のセックスを見るに耐えきれず、ヘッドフォンで音楽を聴いていた。

一方の麻美は、いちばん栄吉の世話を焼いていたにも拘《かか》わらず、抱いてもらえなかった。かまってもらえないことで、女の競争心を煽《あお》るのが栄吉の狙いなのか。

男のモノでバックから秘部を突かれ、ヒップを震わせて悶える節子を、横目で物欲しそうに見ていた麻美の表情が印象的だった。

……僕が立ち入る余地は、少なくとも今はなさそうだ。

マッサージをしたところで、麻美や沙織をリラックスさせて情報を得るのは難しいだろう。

そう思った翔太は、マッサージの内容を書いたチラシをテーブルに置いて、そっとペントハウスを後にした。

第三章　友人の妻

翔太が栄吉のマンションを出たところで、エレベーターから走り降りてきた栄吉が、頭をかいて苦笑いを浮かべた。

「いやぁ、わざわざ来てくれたのにすまん」

「気にするな。マッサージは今度にする。親友の奥さんだからサービスするよ」

「おう、さっそく麻美に明日、マッサージをしてやってくれないか」

栄吉は、周囲を気にして声を低めた。

「実は頼みがある……麻美と、海斗の関係を、探って欲しいんだ」

「麻美と海斗の関係？　……」

栄吉によれば、麻美は土建屋『郷田組』が倒産して間もなく、海斗と離婚していた。

栄吉が、役場に勤めている親戚から聞いた確かな情報だった。

「麻美に直接聞いたら、海斗にはけっこう浮気癖があって、倒産は節目だったと言っていた」

たしかに海斗は、高校時代から女好きで有名だった。

「だったら気にしなくても良いんじゃない？　僕が見る限り、麻美が一番、お前に尽くしそうだぞ」

だが栄吉は首を横に振った。

「海斗との離婚は、もしかしたら偽装じゃないかと疑っているんだ」

「偽装だって？」

「ああ。『郷田組』の負債が多く、借金の取りたてで麻美に迷惑がかからないように形式上、離婚したんじゃないか……そういう推理だ」

「なるほど、一理あるな」

「だから俺は、麻美といちゃつくことはあってもセックスはしていない。もし、互いに愛情が残っている偽装離婚なら、養うことはしても、セックスはしないつもりだ」

「麻美は、お前にモーションをかけていたように思うが」

「……元オミズだし、油断ならん」

万が一、一夫多妻制のことを知らずに遠洋漁業に出ている海斗が、じつは麻美と偽装離婚で、愛情が残っていたとしたら。

帰ってきて全てを知ったら大変なことになる！

仲間同士の殺傷沙汰は、絶対に避けなければ。

栄吉からは麻美に、友達のよしみで翔太の売上に貢献したいからマッサージを頼むことにした、と話しておくという。

他でもない栄吉の依頼だ。隠れてマッサージの営業をする必要もないから、その点では手間が省《はぶ》けた。

去り際に、翔太が栄吉に聞いた。

「もし、麻美が海斗と絶縁していたら、そのときはどうするんだ？」

野暮なこと聞くなよ、と言わんばかりに、栄吉は翔太の肩をぽんと叩いた。

「エッチするに決まっているだろ。沙織や節子もいいが、俺は麻美のような、水商売の女にも色気を感じるさ。きっと、若い頃からいろんな男に抱かれているから、セックスの感度の良さは抜群だろうな」

多妻の夫は、早くも妄想を膨らませていた。

翌日の昼間、翔太は麻美が住んでいる『スイート・ハッピー・ハウス』の二〇一号室を訪れた。

あらかじめ、栄吉から話が通っていることもあり、麻美は和《なご》やかな笑顔で迎えてくれた。

「いらっしゃ〜い、お待ちしてましたわ、もみもみ」

翔太の肩を揉む仕草でおどけた麻美は、白いTシャツとブルージーンズを小粋に着こなしたシンプルな普段着姿だが、目元にしっかりとアイシャドーを塗った瓜実顔は、よそいきだ。

2DKの室内は、センスの良い輸入家具で統一され、真新しい木の香りが漂ってきた。ここに住み始めてから、買ったものと思われる。

リビングのソファーに、翔太を案内すると、

「なにかお飲みになります？　あ、そうそう、とってもフルーティーなシャンパンが手に入ったのよ」

「シャンパン！　良いですねえ、と言いたいところですが、いちおう勤務中ですので、アルコールは遠慮しておきます」

「あら〜、私としたことが、ごめんあそばせ」

陽気に笑いながら麻美は、美味しい珈琲を入れてくれた。どちらが客か、分からないほ

どサービス精神が旺盛《おうせい》だ。

翔太が、出張マッサージのコースが書かれた、紙を見せた。

コースは、「リンパつぼマッサージ　六十分　一万円」と高級オイルを使った「全身オイル痩身マッサージ九十分　一万五千円」の二種類ある。

麻美は、高級オイルを使った全身痩身マッサージを希望した。

「出来るだけ高いコースを選んで、売上に協力してやれ、だなんて、栄吉も友達思いよね」

「え、ええ、ありがたい限りです」

友人の妻を娶って抱こうとしているのが友達思いかどうかは知らないが、今や、栄吉の多妻の一人となった麻美は、そう言って主を持ち上げた。

寝室に案内するからと、立ち上がった麻美はふと、

「もしかして全身をオイルマッサージということは……私は全裸になるのよね」

「もし抵抗があるようでしたら、下着をお召になられても大丈夫ですよ。手足、背中のみオイルを使用することになります」

「すっぽんぽんで良いわ。栄吉さんの友達だから安心だしね」

麻美に、あっけらかんとした顔で言われた

……トホホ、どうやら「男」としては意識されていないようだ。

ちょっと癪《しゃく》だが、事情をリサーチするには好都合かもしれない。

麻美がシャワーを浴びに浴室に入っている間、翔太は寝室の様子をうかがった。

昔の写真や想い出の品を飾っているわけでもなく、翔太がぱっと見る限り、海斗への未練を思わせるようなものはない。

栄吉の情報によれば、海斗は豹柄好きで、麻美と豹柄のペアルックを着て、ボーリング場に遊びに来ていたらしいが、室内を見渡す限り、豹柄らしき服や小物はなかった。

もはや海斗に未練はないのだろうか？

いや、まだ分からんぞ。

栄吉の友人である僕が部屋に来ると分かっていたら、たとえ想い出の品を持っていたとしても隠す可能性もある。

翔太は、ベッドの上に、オイルでシーツが汚れないための専用マットを敷くなど準備を終えて待っていると、程なくして浴室のドアが開く音がした。

「おまたせいたしました」

なめらかな女盛りの体に、バスタオルを巻きつけた麻美が、立ち上る湯気をまとって寝室へ戻って来た。長い栗色のソバージュヘアーは後ろで結わえられ、白いうなじは目映《まばゆ》いばかりだ。バスタオルが、丸みを帯びた麻美のお尻にぴったりと張り付き、まるでパイル地のボディコンドレスを纏《まと》っているように、くびれに富んだスリムグラマーの体を引き立てている。

石けんの良い香りが漂ってきた。

「オイルマッサージなんて、久しぶり。とっても楽しみだわ」

麻美は、セミダブルのベッドに上がると、俯せに横たわる直前に、バスタオルをスルリと器用に脱ぎ捨て、乳房を見せずに全裸で横たわった。

「おおっ、うまい」

翔太が素直にそう言うと、

「翔太さんたら、そんなこと褒めてどうするのよ。このくらいみんなやるじゃないっ」

といってからからと笑った。

きっと、男性とベッドインする女性の動作としては基本なのかもしれない。

女性経験の少ない翔太は、目の前に晒《さら》された、女盛りの裸体にはっと息をのんだ。

女らしいなで肩、ゆるやかな肩胛骨の曲線、きめの細かい肌。どれをとっても、優しい一糸まとわぬ麻美の後ろ姿は、じつに華麗だ。

とくに引き締まったウエストから、きゅっと盛り上がったハート形のヒップにかけてのラインには、女盛りの色香を感じる。

翔太は、手始めに、麻美の肩を、揉み返しが起こらない程度に軽く指圧していった。マッサージを受ける心地よさを感じてもらった方が、親密になれそうだからだ。

「ふ〜、いい感じ。さすがにお上手ねえ」

「ありがとうございます」

「栄吉さんから聞いたわ。プロ野球チームの専属トレーナーをなさっていたんでしょう。凄いわねえ。でもどうして、こっちに戻ってこられたんですの？」

「じつは、町の経済破綻のあおりを受けて、実家のクリーニング屋がつぶれちゃったんですよ。それでなんとかマッサージの経験を活かして、親の面倒も見ようかと」

麻美は、はっと口に手を当て、

「あらいやだ。私ったら、うっかり失礼なこと聞いちゃって。ごめんなさい」

「そんな麻美さん、僕に気遣いなんか無用ですって。昔は一緒にバカなこともやったご主人のチームメイトですから」

まてよ。この場合の「ご主人」は誰のことだ？　海斗か？　栄吉か？

自分で言っておきながら、翔太は疑問に思っていると、

「仲がよろしそうでしたものねぇ」

と、麻美は笑顔で受け答えした。

仲がよろしそうだった？　昨日の、栄吉との仲を言っているのか？

それとも、結婚式で会話したときの海斗との様子か？

なんてややこしい人間関係だ。かれこれ十年近くマッサージをしているが、こんな経験は初めてだ。なにせ、「一夫多妻」制自体が異質だし、栄吉が、元チームメイトの妻を娶るからややこしくなるのだ。

翔太は、肩からなめらかな肩胛骨に、マッサージを移行した。

湯上がりでしっとりとしたきめの細かい肌を、小気味よく親指で押していく。

「最高っ」

涼やかな微笑みを湛《たた》えて、麻美が深呼吸をした。

そりゃ腕に自信はあるが、最高！　と言われるほど、特殊なマッサージはしていないし、麻美の背中は凝ってはいない。

気安くお世辞を言う人間は、中々本音を出さないものだ。

麻美へのリサーチは、遠回しにではなく、率直に聞いた方が良さそうだ。

「チームメイトと言えば、海斗君は今、どうしているんです？」

すかさず、麻美の顔をのぞき見た。

「さぁ、どうしているかしら。人づてに、マグロ漁船に乗っているって聞いたけど、別れた男のことなんか、正直どうでも良いですわ」

麻美は、爽《さわ》やかな表情と声色をちっとも変えずに、そう話した。

だが、「正直どうでも良いですわ」の言葉からは、海斗の話を、これ以上は聞いて欲しくない、という明確な意思を感じた。

だが、ここでめげるわけにはいかない。

「貴女のような素敵な女性を悲しませるなんて、海斗君も男気がない奴だ。まさかアイツ、浮気なんかしたんじゃないでしょうね。もしそうだったら僕、友達やめます」

「浮気なんてもんじゃないわ！　あんな女たらし、翔太さん、今度あいつに会ったら、金玉をもみつぶしてやって」

あっけらかんと笑う、麻美の口ぶりからは、海斗への未練は感じられない。

「やっぱり男の価値は強さね。それも腕っ節の強さじゃないわよ。大きな家と頑丈な車、栄養満点の食事で、家族をしっかり守って養える人」

「この町でその強さを持つのは大変ですね」

「だから栄吉君が最高なのよ。私、マジで地位も財力もある今の彼にはフェロモンを感じる。心から愛しているわ」

「ごちそうさまです。僕も頑張らなきゃ」

翔太がそう言うと、麻美が朗《ほが》らかに笑った。

——もう少し本音を引き出す必要がある。

「では、足下からオイルを塗っていきます」

翔太が、容器に入ったオイルを、麻美の下半身に垂らしはじめる。

「アロマの香りがいいわね。ローズマリーかしら」

「さすが。正解です」

「どんな効果があるんでしたっけ?」

「肩こりや、筋肉痛を和らげる作用などがあります」

刺激を高め、神経を過敏にさせる効果もじつは持っている。

マッサージ中にうとうとされると効果がうすれるので、スポーツトレーナー時代から、ローズマリーのアロマオイルは使っていた。

だが、今宵の施術に、翔太はひそかに別の効能を期待していた。

性欲増進である。

むろんそんなことはおくびにも出さない。真っ当なマッサージだと信じているのだから。

　まずは麻美の丸くぷりっとしたお尻から、にょきりと伸びた双の太腿にオイルを垂らす。さらにシシャモのように見事な流線形のふくらはぎ、かかと、足の裏へと、少し多めにオイルを垂らす。

　翔太が、肌に垂らされたオイルを指で伸ばし広げ、ならしていく。まずは、足から。足の裏だけは、くすぐったがらないように、拳で軽くぐりぐりと押しながら全体にならしていった。肌がぬるぬるとした光沢感に包まれていく。

　ふ〜っ、と麻美が息を吐いた。足裏を押したときの、気持ちよさそうな声は、男も女も変わらないものだと翔太は思った。

「では、足が疲れたときの疲労回復のマッサージをお教えしますね。ご自分でも毎日やれますから、覚えておいて下さい」

「嬉しい、友達にも教えちゃおう。で、どうするの？」

「簡単です。足の指の間に、自分の手の指を挟み入れて、ぐっと握るだけです」

　翔太は、真っ赤なペディキュアに彩られた右足の指の間に、オイルでぬめった指をぬるり、と挟み入れる。

「あうっ」

麻美の、ハート形の尻肉がびくんと揺れ動いた。

「くすぐったかったですか？」

翔太が、そう尋ねる。

「そこ、けっこうです」

「どうしてです？」

「外反拇趾《ぼし》で、恥ずかしいし」

左右の足の指は、ハイヒールをはき続けてきた女性に多い、典型的な外反拇趾だった。

「そんなことありません。『外反拇趾は、私の勲章よ』って話してくれた女性もいましたよ」

翔太は、スポーツトレーナーとして所属していた野球チームに取材に来た、女性の新聞記者の話をした。キャンプや試合前の練習など、選手の移動に合わせてグラウンドを走り回る記者にとっては、男性のような短靴の方が圧倒的に楽なのだが、彼女は、雪でも降らない限りハイヒールをはき続けてグラウンドにやってきた。

あるとき翔太が理由を聞いたら、

「『私、女張っていますから。外反拇趾は、私の勲章よ』って。いやぁ、かっこ良かったです」

そんな話をしながら、翔太はアロマオイルでぬめった指で、麻美の足指の間に、手の指をぬるり、と挟み込み、ぐっと握って刺激を与えるマッサージを繰り返した。

麻美は、何も答えない。

僕の話が、つまらなかったのかな？　麻美の顔をのぞき込んでみる。

麻美が、両方の耳たぶを真っ赤にし、シーツを鷲づかみ、なにかを必死に堪えているではないか。

まさか。

翔太は、もう少しオイルを足して手をぬめらせ、血行良く桜色に染まった二本の足指の間に、己の太い指を、ぬるりぬるりと執拗に抜き差しした。

「あうっ」

双の桃尻の肉が、びくんびくんと激しく痙攣《けいれん》した。

明らかに麻美は感じている。足の指を刺激されただけで、これほど敏感に反応するとは驚きだ。

きっと、刺激されることを拒んだのは、感じてしまうことを拒否したのだ。外反拇趾が理由ではない。そう考えれば、女性記者の話に興味を示さなかったのも頷ける。

麻美は欲求不満なのだろうか。だが、栄吉に心底惚れているならば、僕に触られたくらいで興奮しないとは思うのだが……。

栄吉への愛情が、本物かどうか確かめてみよう。

幸いにも昼間のこの時間帯、栄吉は、『甘吉』の社長業が忙しく、マンションに戻ることは殆どないようだ。

「では、引き続き、オイルを使って、マッサージをしていきます」

翔太は掌を使い、麻美のふくらはぎから太腿の裏側にかけて粘り着いていたオイルを、撫でさするようにならしていく。膝《ひざ》の裏から柔らかな太腿の肉に、男の力強い指をさわさわと這わすと、麻美の息づかいが荒れてきた。

翔太の指が、太腿から臀部のラインへゆっくりと這い上がる。

なめらかな美尻の盛り上がりを、優しく包み込むように手を当てる。柔らかい尻肉は程よい皮下脂肪でふるふるとしていて、指先にぴたりと吸い付くようだ。

さらに、翔太の指が、豊かな桃尻の丸みに沿ってゆっくりと弧を描きながら、尻肉をまさぐるようにさすり上げる。

指の先が、尻の割れ目にす〜っと近づく。

「うっ、くっ」

麻美が、足指のペディキュアを擦り合わせている。必死に悶えを堪える姿がいじらしい。性感帯のスイッチは完全にオンになっていた。

もっと感じさせてみよう。

両手にオイルを垂らし加えた翔太の五本の指が、ゴムのような弾力を得た白い太腿の裏側を下から上に、ねちねちと擦り上げる。汗とオイルが入り交じった女の肌が、妖しく光る。

ときおり不意打ちに、親指で側面の内腿をつ〜っと撫でる。

「はぁっ……うっ」

麻美が、堪えきれずに尻を浮き上がらせ、体をくの字に折り曲げた。

「体が強ばっていますよ。もっとリラックスして下さい」

「……これ、本当に痩身マッサージ？」

「お尻の筋肉を持ち上げ、ヒップラインを上げるマッサージです。軽く擦っているので軽擦法と呼んでいます」

「そ、そうなんですね……」

納得したように麻美は、息を吐いて体を戻した。

軽擦法という一般的なマッサージの、力加減を微妙に変えるだけで、性感帯を刺激できることを翔太は早くも会得していた。

「体に余計な力が入っては、マッサージの効果が薄れます。リラックスしましょう」

翔太は、閉じられていた麻美の二本の脚をVの字に少し開かせ、脚の間に膝を突いて座った。

三十路女のむっちりとした双の尻の小山の間から、うっすらと繁った恥毛が垣間見え、翔太は淫靡《いんび》な気分になってきた。

オイルで妖しくてかった麻美の太腿の裏側から、丸い尻肉に向かって翔太の指が、ねちっこく撫で上げる。二本の指で、尻の割れ目の側面を、指先です〜っとなで下ろした。

「ああっ、いやぁ」

ぐっと浮き上がったヒップの割れ目から、繁茂に縁取られた茶褐色の秘唇が、ひくついているのが見える。

汗の臭いと共に、むっとした雌《めす》の臭気が漂ってきた。

「ご、ごめんなさい、変な声を出しちゃって」

「お気になさらず。神経が敏感なのは、体が若い証拠ですよ」

マッサージによって感じてしまうことへの罪悪感を軽減してあげようと、翔太がそう言うと、麻美が息を弾ませながら頷いた。

これで心置きなく、麻美は感じてくれるはずだ。

思い切って、次のステップだ。

「今度は、胸のリンパをマッサージいたします。仰向けになっていただけます？」

「はい……」

麻美が、なんの抵抗もなく、火照った女体をくるりと回転させ、仰向けになった。目を閉じて好きに触って下さいと言わんばかりだ。

まるで洋梨のように、つんと上向きに迫り上がった乳房が露わになった。麻美の美乳は大きすぎず小さすぎず、仰向けになっても形が崩れないほど、弾力に満ちている。

翔太は、再び麻美の脚をVの字に開かせ、間に膝を突いて座る。繁った恥毛の狭間から、より鮮明に茶褐色の秘唇が顔を覗かせた。

「血行を促進し、女性ホルモンのバランスを調整するリンパマッサージを行います」

……むろん、若干のアレンジはする。

翔太は、麻美のたわわに実った乳房の、上辺と下辺に両手をそっと置き、外側に向かってじんわりと揉み擦った。柔らかな乳肉がぷるぷると揺れ弾む。

顔を紅潮させた麻美が、ふ～っと息を吐いた。

今度は、乳房の下にあてがった手を、上に押し上げるように、やや強めにもみ上げる。オイルで滑った指の中で、乳房の芯が激しく踊った。

「はぁっ……」

麻美が、顎をしゃくり上げた。薄茶色の乳首は、ぷっくりと膨らんできた。

「なんだか、体が、あ、あつぃ」

翔太は、乳房を揉む手を一瞬だけ止めた。

「大丈夫ですか？　あまり、ご気分が悪いようでしたら、今日はこの辺にいたしましょうか」

と、野球部のキャッチャー時代の経験で培った焦らし作戦に出てみる。

「いや……やめないで」

麻美が甘えた声で懇願すると、翔太の手を握り、細い指をねっとりとからめてきた。

自分の乳房を差し出すかのように、胸を反らして擦りつけている。

もっと揉んで、と言わんばかりに。

女の秘部が、翔太の膝の方へにじり寄ってくる。

「はぁ……」

麻美が、翔太の膝に股間をぐりぐりと擦りつけてきたのだ。執拗に性感マッサージで刺激され続けた麻美の秘唇には、湿潤な愛液が溢れていた。

「麻美さん、それはいけません……」

翔太が膝を引こうとすると、なおも麻美は秘部をぐいぐいと、押しつけてきた。膝小僧の角張った部分が、ぬめぬめとした湿潤な秘唇を、刺激する。

「ああん、翔太さんの意地悪……焦らさないで。なんだか私、頭がおかしくなっちゃう」

麻美の端整な顔は淫猥に歪み、紅が塗られた唇からは、淡いピンク色の舌が切なげにそよいでいる。

少し突っ込んだ話をしてみよう。

「麻美さんは、フラストレーション、つまり欲求不満が溜まっています。良くない傾向ですね。女性ホルモンを分泌させないと、細胞が老化してしまいます」

「ど、どういうことでしょう？」

麻美が不安な表情をしたので、翔太がたたみ掛けた。

「脅すわけではありませんが、乳がんの増加は、少子化などに伴う夫妻のセックスレスが原因と言われています」

「そ、そんな……」

「つかぬ事をお聞きしますが……セックスはいつからなさっていないんですか？」

と、言いながら翔太がさりげなく、秘唇の上にあるクリトリスを膝でくいっ、くいっと刺激した。

「そんな細かいことは分からないわ……はうっ」

麻美が、シーツを掻きむしってのけぞった。クリトリスはあっという間にぷっくりと膨らんできた。膝に水飴《みずあめ》のような淫汁が纏わり付く。

「こんなに欲求不満なら、フェロモンを感じている栄吉に、どうして抱いてもらわないんです？」

息だけを荒らげ、麻美が言葉に詰まった。

「貴女は本当に、海斗君に愛想を尽かして別れたんですか？」

「……どうして、そんなことを聞くの？」

「借金の取り立てが、麻美さんのところに行かないように偽装離婚をしたって言う人もいます。もし、離婚が偽装なら、まずいですし」

「まずいって？」

「僕が海斗君に申し訳が立たない。……こういう部分に触れるのも、止めにしないと……」

翔太が、麻美の陰部から膝を離そうとする。

「いやっ、やめないで！」

麻美が、翔太の手をつかんで引っ張り、ぬらつく秘唇に強引に導こうとした。

「あ、麻美さん、そんな……」

と言いつつも、翔太は、あえて逆らわずに湿潤な女の秘部に手を伸ばした。

翔太が、指を秘唇に潜り込ませる。ぴちゃっと、卑猥な水音が鳴った。

「はあっ」

熱い襞の連なりに指はぬるりと包み込まれ、粘り気を増した愛液が秘唇からとめどなく湧き出てくる。膣の肉襞が収縮して、翔太の指を締め付けてきた。

久美子のときと比べてかなり割れ目が狭い印象を持った。

愛液が溢れ感じているのは確かだが、念のため翔太が、痛いですか？　と尋ねると、麻美は首を横に振り、

「平気……でも私、あそこが小さいから、あまりにおっきい殿方のバットは入らないんです。むしろこっちの方が……」

麻美が、翔太の指を、秘唇からさらに奥へと誘いだした。

「もっと奥を触って……」

粘液まみれの翔太の指が導かれたのは、紛れもなく、アナルだった。

「貴方のお指を入れて」

「ええ!?　ダメですよ、こんな所に指なんか入れちゃ」

「どうして？」

「だって、アナルは排泄物を体外へ出す器官です。外から異物を入れる場所じゃありません」

「大丈夫よ。私、数え切れないほどアナルでセックスしているし」

「数え切れないほど!? じゃ、海斗君と？」

思わず、翔太はそう尋ねた。

「……ええ」

麻美が、伏し目がちにそう言った。

海斗と興じた快楽を、麻美の体が欲しているのだ。未練があるのかもしれない。

さらに焦らしてみよう。

「僕は、マッサージ師ですから、安全性を確かめられないところに、マッサージは出来ません」

「まぁ、慎重なお方ね」

一瞬残念そうな顔をしながら、麻美が、自分の指にねっとりと唾液をまぶしてまるでフェラチオのように舐め始めた。

自分で、アナルに指を入れるつもりか？

「だったら、今確かめてみたらどう？　翔太さんご自身で……」

麻美の瞳が、妖しく輝いた次の瞬間、麻美の細長い二本の脚が、座っていた翔太の腰を挟んだ。

「な、なにをするんです」

まるでプロレス技のごとく、むっちりとした太腿でぐいぐいと締め付けられ、翔太は身動きを取れない。

しまった、一瞬の隙を突かれた。

「ふふふ。逃げちゃダメよ」

不敵に笑った麻美は、翔太のズボンのファスナーを素早く下ろすと、トランクスの隙間に唾液で湿った指を滑り込ませた。肉棒には触れず、馴れた手つきで、陰嚢から尻に向かって素早く指を這わせ、蟻の門渡りを掻き撫でる。

ビクン。背筋が総毛立つほどの快感が、下半身に走り、翔太は思わず声を発した。

「この辺り、男は感じるでしょ」

麻美のネイルの先が、敏感な蟻の門渡りをいたぶり、さらにアナルの縁を、ぐるぐると円を描いてなぞる。

「うう、ううっ」

こそばゆい、独特の快感に襲われた翔太は、甘美な痺れを覚え、腰を浮かした。

麻美にトランクスを下ろされると、肉棒はむくむくと漲り始めていた。

「ほうら、もうビンビンじゃない。マッサージのお礼に、アナルの愉しみを教えてさしあげるわ」

麻美のぬめった中指の先が、ぬるりと秘穴に埋没した。

うう っ！……

翔太の、尻が戦慄《おのの》く。生まれて初めて、アナルに異物を入れられたのだ。

細い中指の先が、第一関節まで、出たり入ったりしながら、肛門の括約筋をほぐしていく。まるで、硬い便が意に反して肛門から押し出されるような得も言われぬ感覚に襲われ、翔太は胸筋をヒクつかせて悶えた。

容赦しない麻美の指は動きをやめず、ついに第二関節まで、翔太の秘穴に潜り込んだ。

卑猥な粘着音が、男のえげつない悲鳴にかき消されていく。

「はぁん」

骨抜きにされた翔太に、逃げる馬力は残っていない。……まさか自分が未知なる穴を責められるとは。

「ほうら、アナルはちっとも危なくないでしょ。それに殿方のアナルには、とっても刺激的な場所もあるのよ。ここ。ぜ、ん、り、つ、せん」

麻美の指が、秘穴の中の突起を捉えた。指の腹でつんつんと前立腺を刺激される。

「ああっ」

翔太の直腸から脳天を、電気が走ったような裂震が襲った。目は虚《うつ》ろ。口からはだらしなく、唾液が垂れ落ちている。

「前立腺マッサージ、って言うのよ。勃起不全の男性の治療でも役立っているんですって。マッサージ師なら覚えといて損はないわよ」

脳裏に、定吉の顔が浮かんだ。冗談抜きに、そういうマッサージの仕事をこなす必要に迫られるかもしれない。

「前立腺は女性にはない器官ですってよ、殿方が羨ましいわ。だから女性が一番感じるのは、アナルの入り口。男性も感じるわ……ここ」

麻美が、翔太の肛門の奥まで入れていた指を少し引き、第二関節を抜き出した。抜き差しされるごとに、関節の出っ張り部分が、翔太の肛門の襞を押し開く。

「ぐ、ぐふ」

体を貫かれる快感に、アナルが疼《うず》き、翔太はぶるっと腰をわななかせた。肛門内でくねくねと蠢く麻美の指責めに、腰砕け状態に陥っていた。

「初めてのアナルで、こんなに感じるなんて、アナラーの素質十分よ。こうやって徐々に開発していけば、アナルも少しずつ広がっていくわ」

麻美が、もう一方の手の指を、亀頭にしなやかにまき付ける。先端から溢れ出る濃厚な先走りの液を、ソフトな手つきで雁首から竿全体に揉み弄《いら》う。さらに、自らの太腿に付着したオイルを肉棒全体に撫でつける。

すっかり欲情した麻美に秘穴と竿を同時に責められた翔太の肉棒は、先走りの液とオイルにまみれ、テラテラと光りながら、天を向くほど猛っていた。

「た、逞しいわ。こんなに大きなモノ、アソコの穴には入らない。子宮が壊れちゃうわ」

麻美が、嬉しそうにそう言うと、ひょいと腰を上げた。

この世の物とは思えないほどの淫らさで、翔太の股間の上に跨《また》がると、慣れた手つきで肉棒を手にし、そのままぷりぷりっとしたお尻を落とそうとした。

「やっぱりアナルじゃなきゃ。貴方が感じている様子を見ていたらなおさらしたくなったわ」

なるほど。膣が小さい麻美は、海斗との夫婦の営みでアナルセックスの快感を覚えたというわけだな。

ならば、今が麻美との駆け引きのしどころだ。

翔太が、麻美のヒップの落下を両手で押さえて挿入を拒む。

「いやん、もうじらさないで」

「こんな淫らなことを、奥さんにしては栄吉に申し訳が立たない」

「気にしなくていいわ」

栄吉への愛は、ないとみた。

麻美は待ちきれず、四つん這いになってヒップをくいっと持ち上げながら、翔太の肉棒を、尻肉の割れ目に導いた。

黒光りした亀頭が、菊花のような放射状の襞に押し当たる。

ふ～っと息を吐いた麻美が、亀頭を指ですぽっと秘穴に押し入れた。

オイルのぬめりも手伝って、肛門が丸く押し広がった。

しかし、中の襞は、まるで侵入者を拒むように外へ押し戻す動きをした。

本当に、これ以上肉棒を差し込んで平気なのか？

翔太が抽送を躊躇していると、

「やめないで」

アナルセックスの、要領が分からない。

聞くは一時の恥、聞かぬは一生の恥。

「……あの、海斗って、アナルにどう入れていました？」

「思い切って出っ張りまで入れて。あとはそのまま小刻みに突いて」

そうか。女性は、アナルの入り口が一番感じると言っていた。雁首の出っ張りで、入り口を何度も抜き差ししてあげればいいのだ。

肉棒をアナルから抜いて仕切り直す。滑りをよくするために、業務用のオイルを自らの肉棒になすりつけた。

麻美は、四つん這いの体勢で、ヒップをくいっと持ち上げて待ち構えている。色白の尻たぼは、うっすらとピンク色に紅潮している。

翔太は、やさしく腰骨に手をかけて、猛った肉棒の先端を、男女共通の形をした不思議な秘穴にあてがった。

ほんの少し前に、手練手管《てれんてくだ》の麻美の指技に翻弄されたときと同じ快感を、自らの肉棒で麻美にお返ししてあげるのだ。

麻美のアドバイス通りに、張り詰めた亀頭を、押し込んでいく。

ぬぷっ、と卑猥な水音と共に、放射状の襞が押し広がる。

肛門内の括約筋が押し戻す動きをしてきた。それでも翔太は、躊躇せずに漲る肉棒の出っ張りを、ぐっと奥へ差し込んだ。

「あ、あああっ」

四つん這いの麻美が背中をのけぞらせ、引き絞るような声を上げた。

目の前の鏡に映った麻美は、目を細めて至福の快感に酔いしれている。

「ああっ、突いて。コッコツ、突いてぇ」

翔太がぐっと奥まで肉棒を突き刺し、そのまま小刻みに前後に動かした。

肛門の中の襞という襞が、雁首を四方八方から締め付けてくる。

初体験のときに節子と経験した、湿潤な膣内の締め付けにくらべ、括約筋の締め付けは手加減なしにハードだ。

好色な麻美のアナルに海綿体を、ぎゅうぎゅうと、絞られているかのような刺激を感じる。

亀頭が痺れる……このまま堪えていても長くはもつまい。

翔太は暴発覚悟で、麻美の柔らかな尻肉をつかんで引き寄せ、アナルの中の蠢く括約筋を、こそぎ落とすように、コッコツと突いた。

オイルによって妖しい光沢を帯びた太い亀頭が、卑猥な形の秘穴の襞を、しつこく出入りする。

切なげに腰をうねらせた麻美の、ヒップの脂肪が、ぷりぷりと揺れる。

「いいいっ〜」

鏡に映った麻美の顔を見る。目を閉じて、顎をヒクヒクと突き上げたその表情は、もはや恍惚《こうこつ》そのものだ。

「やっぱりいいわ！　太っとい！　太っとい！」

海斗のことを思い出しているのだろうか。ならば、

「オラ、オラ。声を出せオラ！」

翔太は、後輩を猛練習でしごいているときの海斗の口癖を真似ながら、腰を友の妻の尻穴にたたき込んだ。

「ひぃいっ、か、海斗！　もっと」

麻美は上ずった声でおねだりする。快楽を貪るように腰を淫らに打ち振って、肉棒の抜き差しに応える。

翔太が指をすっと、前に伸ばしてクリトリスに触れると、女体がおびただしく震えた。アナルセックスの快感に翻弄された秘唇からは、とめどなく粘液が溢れている。

「オラ、麻美！　オラ」

翔太が、亀頭のピストン運動をいっそう速めた。

「ああっ……か、か、かいと」

歪んだ麻美の唇が、そう動いたことを、翔太が確認した次の瞬間、麻美は背中をぐっと後方にのけぞらせたまま、汗だくの裸体を硬直させた。

途端、アナルの中でうねうねと悩ましげに蠢いていた女の括約筋が、一気に収縮して、翔太の海綿体を容赦なく締め付けた。

肉棒の芯が、まるで頻脈に襲われたかのようにバクバクと波打つと、陰嚢の奥がカッと熱くなり、翔太は堪《こら》え性を失った。

瞬時に抜き去った肉棒の先端から濃厚な白濁液を放出した。

麻美は、そのままベッドに俯せに突っ伏した。息を荒らげ、感じ入った体は、なおも小刻みに震えていた。

鼻をすする音が聞こえる。

麻美は泣いているのだ。

荒々しいアナルセックスによって、身も心も、昔の夫を思い出してしまったのかもしれない。

翔太は率直に麻美に言った。

「貴女の心は、まだ海斗君にありますね……」

すすり泣く声が、ぴたりと止まった。

「どういう事情なのか、お聞かせ願えませんか」

しばしの沈黙ののち、麻美が、むっくりと起き上がった。乱れた髪を手櫛《てぐし》で直すと、ふっと自嘲気味に微笑む。

「お尻の穴まで覗かれたんですもの、翔太さんには、全てお見通しね」

麻美が、バスタオルを羽織ると、メンソール煙草に火をつけ、深々と吸った。

「海斗との離婚は、偽装じゃないわ……借金が膨れあがったのは事実だけど、私のほうから三行半を叩き付けてやったのよ。彼のやんちゃぶりに、傷つく自分が可哀想になって」

偽装離婚ではなく、女遊びで泣かされてきた海斗に、愛想が尽きての離婚だった。

「だから、一夫多妻制度が施行されたときも、半分ヤケになって、栄吉の申し出をOKしたわ。でも……事情が変わってしまったのよ」

「事情？」

麻美が、リビングからノートパソコンを持ってきて、起動させた。

「たった一通のメールが、女心を変えるってこと、あるのよね」

一週間ほど前、麻美のパソコンに、海斗から写真付きのメールが届いていた。遠洋マグロ漁の間に立ち寄った、太平洋上の島にある港のパソコンからだった。

『マグロ漁の途中、大しけで海に投げ出されたこともあった。何度も死にそうになるうちに、俺は自分を見つめ直すことができた。さんざん心配かけた両親の苦労を思うと涙が止まらない。こんな俺を愛してくれた麻美の顔を思い浮かべると、悔し涙が止まらない。麻美、お前ともう一度やり直したい。漁が終わったら、すぐに戻る　海斗』

目をキラキラと輝かせ、真っ黒な顔で微笑む海斗は、高校生の時のようだ。

その写真を、麻美が目を細めて見つめる。

「私ったら、このピュアな海斗の顔を見ていたら、許してあげたくなったの。女って、バカな生き物ね」

こうして、海斗に対する愛情が、蘇《よみがえ》ったのだ。

麻美はすぐに返信したかったが、海斗は再び大海原へマグロ漁に出てしまい、交信することは出来なかった。

「でも、麻美さん、昨日の誕生日パーティーでは、かなり栄吉のことを気づかって、世話女房ぶりを発揮していたように思えましたけど」

「あくまでポーズよ。オミズが長いんですもの。あのくらいは簡単なことよ」

海斗とヨリが戻っていたことを、栄吉に気付かれないためのポーズだったのだ。

「海斗のこと、栄吉に言わないでくださる。お願い、翔太さん」

麻美が、すがるように翔太の手を握ってきた。

翔太が、真顔で麻美を見据えた。

「このまま栄吉に気があるポーズを続けたら、間違いなく栄吉は、貴女を抱こうとします」

麻美が、二本目のメンソール煙草を吸った。

「そうかしら、あの淫乱女教師がいるから十分でしょ。いずれ沙織ともやっちゃうだろうし、私のことなんかべつに……」

少々、とげのある言い方だった。

「栄吉は、貴女ともセックスをしたがっています」

「うそでしょ……」

「男というのは、モラルさえ気にしなければ、何人もの女性とセックスをしたいと思う生き物なんです」

種を保存するために、動物のオスに植え付けられた本能である。

男性遍歴を重ねた麻美でも、オスの本能までは熟知していないようだった。

「栄吉は、節子さんとも、沙織ちゃんとも違う女性としての魅力を、貴女から感じています」

「な、何よ、その魅力って……」

……まさかフェラチオが上手そうとはいえない。翔太はぽってりとした麻美の唇から目をそらした。

「ひょっとして翔太さん、栄吉から頼まれてここに来たの？」

鋭い。

翔太は野球部のキャッチャー時代、敵のチームにサインを見破られたときのようなショックを覚えた。だがそれを認めてしまっては、栄吉の信頼を失ってしまい、仲直りの計画は水の泡だ。

「ここへ営業に来たのは生活のためです。僕だって両親を養わなければいけませんし」

「ならどうしてそんなに、海斗のことを気にするの⁉」

翔太は、麻美を見つめた。

「どうして、って……僕ら元チームメイトですよ。一緒に汗を流して甲子園を目指した仲間が、憎しみ合うのはご免だ」

翔太は語気を強めた。

「一夫多妻制のことすら知らず町を離れた海斗君が、もし今故郷へ戻り、麻美さんが栄吉の妻になっていると知ったら、もはや血の海だ」

しかも海斗は独身の頃、女の取り合いで傷害事件を起こしたこともある。

「彼が、何をしでかすか分からない男だって、麻美さんが一番良く知っているはずでしょ」

「分かっているわよ……分かってるけど、じゃあどうしろっていうの。何が出来るっていうのよ」

麻美が煙草の煙を力なく吐き出した。

「貴女だって、いつまでも栄吉に気のあるそぶりを続けるのにも限界があるでしょう。そこで、少々気まずいかもしれませんが、栄吉とは距離を置いて接して下さい。手を握られることすら拒むんです。そうすれば、栄吉は無理に貴女を抱こうとはしない」

そして何より重要なのが、海斗の怒りを爆発させないことだ。

「海斗君には、一夫多妻の事情を、少しずつメールや手紙で伝えて下さい。麻美さんが置かれている状況も、徐々にやんわりとインプットさせるんです」

「そうね……」

せめて海斗に、真実を知ったときの心の準備をさせることが必要だからだ。

もっとも、海斗のマグロ漁がいつ終わり、いつ帰国するのか。時期がはっきりしないのは大きな不安だが、自然が相手なのだから、それぱかりは気を揉んでも仕方がない。

麻美の部屋を出た翔太は、マンションのエレベーターに乗りながら思った。

さて、栄吉へ、どう報告しようか。

友人に嘘をつくのはあまり得意ではない。

エレベーターのドアが一階で開いた直後、ガツン、慌てて乗ってこようとした小柄な男の頭が翔太の肩にぶつかる。

栄吉だ。

「翔太！　お前、今頃まで麻美の家にいたのか」

「ああ……」

「ずいぶん長いな」

栄吉がやや訝しげな顔で聞いてきた。

「大事なお客さんだからな。丁寧にマッサージしたさ」

「で、どうだった、麻美の体は？」

栄吉が、翔太の顔をのぞき込んだ。

まさか、アナルを刺激し合うほどのハレンチな行為を、見抜いているんじゃあるまいな？　内心ドキリとしつつも、翔太はにやりと笑って、

「そりゃ、ヒップも、お御足も、最高にきれいだったさ」

「興奮しただろ」

「ば〜か。マッサージ中にいちいち興奮したら、仕事にならないよ」

「そりゃそうだな」

まるで高校時代のように、ゲラゲラと笑った。

どうやら、疑われずに済んだようだ。

「肝心の、海斗の件は聞き出せたか?」

栄吉が、エレベーターには乗らず周囲を気にしながら聞いてきた。

「ああ。海斗との離婚は、偽装離婚じゃない。浮気癖の直らない海斗へ麻美から三行半を叩き付けた、正式な離婚だと思う」

栄吉はニヤリとして、

「そうかいそうかい。そりゃ安心だ。さっそく今夜にでも、あのぽってり唇で、フェラチオ三昧といくか」

「ただし、この先絶対にヨリを戻さないかといえば、そうとはいえない」

「なんだい翔太、期待させておいて、俺をがっかりさせるんじゃないだろうな」

「話を聞く限り、麻美のヒステリーからくる衝動的な離婚であることは否めないな。なにかの拍子に仲直りすることはあるから、海斗の動向には気をつけてくれ」

「ラジャー！　俺も海斗との無駄なもめ事はまっぴらご免だ」

栄吉は、恩に着るぜ、といった表情で、足早にエレベーターに乗り込んだ。

「むふふ、沙織の可愛らしい唇に、強引にちんちんぶっ込むのもアリだな」

扉が閉まり、下品な笑い声がエレベーターと共にペントハウスへ昇っていった。

マンションを出て翔太は思った。

海斗と麻美がじつは仲直りしていることは言わずに、栄吉の注意を喚起させることはできたのだ。

まずまずの成果じゃないだろうか。

携帯電話をチェックすると、未登録の電話番号からの着信とメール、そして留守電のメッセージが入っていた。

再生してみると、聞き慣れた友の声が入っていた。

『俺だ。……沙織のことが心配だ。電話をくれ。頼む』

旭北町を離れていた、輝也の声だった。

第四章　高嶺《たかね》の花

経済破綻を招いた全責任を背負い、『旭北電子』の二代目だった輝也は、全ての財産を売却し、自己破産した。そして元町長の父や、叔父、従兄弟など、十人ほどの一族の男子と共に東北の自動車工場へ期間工として働きに出ていた。

輝也から届いたメールには、工場内のベルトコンベアー作業での、過酷な労働条件など、悲愴感漂う近況が書かれていた。

自己破産によって、携帯電話すら使えなくなっていた輝也は、ようやく新しい携帯電話を購入し、番号を得た。だが、沙織の新しい携帯電話の番号は分からず、連絡のしようがなかったのだ。

沙織の連絡先は翔太も知らなかった。数日前に会ったときに、連絡先も記したマッサージのチラシを渡したが、まだメールや電話は来ていなかった。

翔太は自宅に戻ってから、輝也の携帯に電話をした。

「輝也、大丈夫か体は？　ちゃんと食べてるか？」

ふ〜というため息が聞こえた。

「……懐かしい響きだぜ……大会前はいつもそんな電話をよこしてくれたっけ」

野球部時代、エースの輝也の体調を気にしていた捕手の翔太は、ほんの数時間前まで一緒に汗をかいていたにもかかわらず、輝也に電話したものだ。

「そりゃ、そうさ。キャッチャーは女房役だもの。ウッフ〜ン、なんちゃって」

気持ち悪いからやめろと、昔なら、すぐに輝也がリアクションをしてくれたものだが、一瞬の沈黙が漂った。妻を一夫多妻制度によって奪われた今の輝也にとって、女房、という言葉は禁句のようだ。

「沙織に連絡が取れない、あいつ、どうしているんだ？」

「沙織ちゃんなら先日会ったよ。そりゃ寂しそうな顔していたけど、なんとか、元気でやってるよ……」

「おい！　そんな月並みな答えなんか聞いてねえ！　本当のことを教えてくれ。俺とお前の仲で、隠し事はよそう。まさか栄吉の奴、沙織に変なことしたんじゃないだろうな」

どこまで話すべきなのか。

「今のところは、大丈夫だ」

「今のところ？　……ど、どういう意味だよ？」

輝也が、聞いたこともない弱々しい心細げな声でそう言った。

嘘をつくわけにはいかない。

翔太は、これまでの状況をかいつまんで説明した。

最上階に栄吉が部屋を借りているマンションの別の階に、節子、麻美、沙織が住んでいること、普段は別々に暮らしているが、数日前に行われた栄吉の誕生日パーティーでは、三人の妻が一堂に会したことを輝也に伝えた。

「……妻たちを集めてパーティーだと⁉　栄吉の野郎、沙織になんかしたのか」

「いや、沙織ちゃんには、指一本触れてなかったけど……」

「けど、なんだ。ハッキリ言え」

「みんなが見ている前で、栄吉の奴、節子先生とセックスした」

輝也は絶句した。

「沙織がいつそんなことをされるかと思うと、生きた心地がしない……彼女はとっても純粋なんだ。思い詰めて自殺でもされたら大変だ」

沈痛な声を聞いた翔太は、前に輝也から聞いた沙織の話を思い出した。

沙織は自分が不妊症だと知るや、二人の名前を書いて印鑑まで自分で押した離婚届を置いて、実家に帰ったことがあったのだという。大会社の長男の嫁として、跡取りを産めない自分の体に負い目を感じてのことだった。

不幸中の幸いは、沙織の実家が歩いて数分の距離にあったことだ。輝也はすぐに会いに行って、沙織を抱きしめこう言った。

〜俺は、お前がいれば、何もいらない〜

沙織はまるで少女のように、あ〜んあ〜んと泣きじゃくって輝也の胸にしがみついてきたという。

思い詰めると心配だという輝也の気持ちは十分に分かる。

「僕に出来ることがあれば言ってくれよ」

「本当か、翔太？　協力してくれるか」

「僕と輝也の仲じゃないか」

「そうか」

一呼吸置いて、輝也の神妙な声が聞こえてきた。

「沙織を奪還すべく、行動を起こす！　翔太、手伝ってくれるんだな？」

「奪還って……」

「栄吉の財産を奪い一文無しにする！　そうすればヤツは沙織を養うことは出来ないから

な」

「おいおい穏やかじゃないなぁ。屋敷に強盗にでも入る気か？」

「金を作れないなら、あるヤツから奪うのみ。翔太、俺は本気だ」

輝也には、ある策略があった！

『甘吉』がネットで販売している『栗つぶ入り生キャラメル』が、A社の製品『生キャラメル・マロン味』と限りなく似ていることを、輝也が発見した。

輝也がひとりでその製品を、A社に送って告発を促したところ、

〜栗の硬さだけ変えているが、あとは全く同じ。盗作した証拠さえあれば、当社は訴える〜

と返事を貰ったのだ。

そこまで、事を進めていたとは……輝也は本気だ。

しかも、親戚ら一族十人が不眠不休で働き続けた甲斐もあり、『甘吉』から無利息で借りている分の借金は、直に返済できそうだという。栄吉サイドからの借りはなくなるというわけだ。

「翔太、『甘吉』が、A社のお菓子を盗作した証拠を探ってくれないか。お前なら、栄吉も油断するはずだ。翔太、お前協力してくれるんだな」

うっ、と翔太は唸った。

「書類かフロッピーか、どこにあるのか探るだけで良いぞ、実際に盗むのは俺がやる」

「ごめん、輝也。僕にはできないよ……今、『甘吉』が倒産したら、町民の大半が路頭に迷ってしまう。僕ですら両親を養えない」

「翔太、お前なら、どこへ行っても一流になれる」

「僕はこの故郷が好きなんだ。破綻した旭北町を元通りにしたいんだ」

「きれい事を言うな！　妻のいないお前に分からない。だったら俺だけでやる。以前俺の部下だった奴に頼めば」

「無茶なことはやめてくれ。かつてのお前の部下だって、今は皆、『甘吉』の社員だぞ。他に味方はいない。仮に僕が手伝ったところで、たった二人じゃ、試合にならないさ」

ここは輝也を、なだめなければいけない。

「僕の読みだと、沙織はまだ栄吉に抱かれてはいないと思う」

昔から沙織を密かに好きだった栄吉のこと。もしセックスしたら　絶対に、翔太に話し自慢するからだ。

そう言って翔太は、何とか輝也をなだめた。

むろん今し方栄吉が～沙織の唇にちんちんをぶっ込もう～と卑猥な言葉を発していたこ

とまでは言えなかったが……。

「僕が沙織に直接会って、栄吉との状況をじっくり聞いてくる。それまで待ってくれ」

「分かった……お前の偵察は信じる。そういや野球部のときは、対戦相手の練習場へ行って、バッテリーの不仲、煙草を吸って走れない野手を、ずばり見抜いたほどだからな」

「ヨッシャ、女房の様子を見に、女房役がひと肌ぬぐとするか」

輝也との電話を切ると、翔太は、沙織とどうやって連絡をつけようか考え始めた。

栄吉からの依頼で会った麻美のときとは事情が違う。出来れば栄吉には知られずに沙織と会いたい。だが、残念ながら電話番号が分からない。

まさか、マンションの窓ガラスに、小石をぶつけるわけにもいかないしなぁ。

野球部時代には、沙織とは対照的にのんびり屋さんで良く寝坊をしていた妹の陽菜を起こしに、翔太は窓ガラスに小石を投げに行ったものだ。

遅刻した女子マネージャーをわざわざ起こしに行くなんて、甘やかしすぎじゃないかと、輝也に言われたことがある。

本当は、沙織に会いたかったのだ。

校内一の美少女。

その称号を、小学校のときから得ていた沙織を、翔太は、ずっと片思いし続けていた。

一度だけ、告白したことがある。クラスが同じで席も隣同士だった中学二年のときである。

沙織からバレンタインデーにチョコを貰ったわけでもないのに、ホワイトデーに、チョコレートを沙織の家の郵便ポストへ入れたのだ。

翌日、授業中に隣の席の沙織が、付箋紙に書いてよこした手紙の内容は今でも忘れやしない。

～ありがとう。翔太君、いつまでも良いお友達でいようね～

バコーン、と後頭部をバットで殴られたようなショックを覚えたが、顔には出さず、高校時代の三年間は、同級生たちと一緒にカラオケボックスに行ったり、いつまでも友達として沙織を近くから見つめていた。

青春時代の淡い想い出である。

また郵便ポストにメッセージを入れるとしよう。

翔太は、栄吉がいなさそうな時間を見計らって、マンション『スイート・ハッピー・ハウス』の沙織の部屋の郵便受けに、電話番号とメールアドレスを記したメッセージを投函した。

「久しぶりにカラオケでもしようぜ。明日ならずっとOK。女房役より」

小一時間ほどで、沙織からメールで返事が届いた。

『オッケー。じゃ「カラオケ会館」で三時に待っててね』

懐かしい響きだ。

『カラオケ会館』は、高校生たちに人気のカラオケボックスである。

決して、食べ物は美味しいとは言えないが、手頃な値段が貧乏学生にはありがたかった。

翌日の午後三時、翔太が『カラオケ会館』の一室で待っていると、髪をポニーテールに結わえた沙織が、Tシャツの上にスタジアムジャンパーを羽織ったカジュアルな服装でやってきた。

「やっほ」

片手をちょっと上げて微笑んだ。スタジアムジャンパーを脱ぐと、翔太の隣に座ってすぐにメニューをパラパラとめくる。

「お腹すいた〜。焼きうどんでも食〜べよう」

クリッとした瞳とつんと上へ向いた鼻、少女らしさをかもし出す小さな唇に、翔太は見惚れてしまった。化粧をしていない素肌は、十代のみずみずしさが感じられる。

しかも制服と同じ紺色のフリル付きのスカートからのぞく、白いすべすべした膝小僧を見ているとﾞ、まるで高校時代の沙織に戻ったようだ。

「翔太君、私入れちゃってイイ?」

沙織にそう言われた翔太はどきりとした。

入れちゃうとは、もちろん曲のことだが、高校時代から可愛らしい女子の口から発せられるこの台詞に、男子はドキドキしたものだ。

いつだったか、番長格の海斗が、主立った校内の男連中を集めてこう指示した。

「いいかお前ら。女子がカラオケボックスで『入れちゃう』って言っても、絶対に笑ったり、冷やかしたりするな! 分かったか!」

男子が面白がっているのが広まったら、別の言い方をされるからだ。

時には喧嘩もする男連中も、このときばかりは誰も反論しなかった。

高校時代は、沙織のこの言葉を思い出し、何度かマスターベーションの、題材にさせていただいた。心の中で礼を言いたい。

「あ、ごめん沙織ちゃん、隣の部屋の音がうるさくて聞こえなかった」

と、嘘をついてみる。

沙織が、ルージュをつけずともピンク色の唇を、可愛らしくあけて言ってくれた。

「私、入れちゃうね」

翔太の股間のモノが、ぴくりと動いた。

沙織が、高校時代に流行《はや》っていたアイドルの曲を歌うと、翔太も音痴を気にせずノリの良い曲を熱唱する。ときおり沙織がタンバリンで伴奏してくれる。

沙織ちゃんが、僕の歌を盛り上げてくれるなんて……。

そもそも二人きりのときを過ごすなんて、初めてじゃなかろうか。

いつまでも、沙織とのデート気分を満喫したいところだが、翔太には大事な任務がある。

事実上の一夫多妻制度の下、沙織が今どんな状況におかれているかを探り、輝也に報告することだ。

沙織が警戒しないように、あえて輝也から連絡があったことは言わないでおくことにした。

何曲か歌い終わった沙織が、ドリンクをごくごくと飲み干した。

「こんなにリラックス出来るの、ホントに久しぶりだわ」

「友達と、遊んだりしてないの？」

「ぜんぜん」

「栄吉が、束縛するのか？　外出するな、と言ったりとか……」

「そういうわけじゃないけど」

栄吉の名前を出すと、沙織の顔から笑顔が消えた。

「今さら友達になんか会えないわ。あんなに派手な結婚式挙げたのに、倒産して、落ちぶれて栄吉に囲われてるなんて……恥ずかしくて」

「誘ったの、迷惑だったかな」

沙織はまるで子供のように首を横に振り、

「翔太君は平気。……友達以上というか」

え？　まさか、友達以上で恋人未満？

「輝也と、兄弟のように仲が良かったから、親戚みたい」

……親戚か。

ま、確かに友達以上の関係ではあるわけだ。

翔太は、単刀直入に聞いてみることにした。

「沙織ちゃん……栄吉から変なことされていないのか？」

「うん、今のところは……」

「そうか……無事で良かった」

翔太が、安堵《あんど》のため息をつく。

沙織が、クリッとした瞳で見つめてきた。

「優しいんだね翔太君、そんなに心配してくれて」

「そ、そりゃ、輝也の女房だからな」

沙織が神妙な顔で、

「でも、……無事だから、まずいの」

「無事だからまずい？　どういうこと？」

沙織は、一夫多妻での人間関係に悩んでいたのだ。

「栄吉から、お前の部屋に行っていいか？　って何度も訊かれているけれど、私ずっと拒否しているの。でも……そろそろ限界かも」

少女時代から高嶺の花だった沙織には、栄吉も遠慮があるのか、露骨にキスを迫ったりはしてこない。

そのことで、節子から嫌みを言われていた。

「節子先生からは、ひどいこと言われちゃった……」

「ひどいことって？」

「あんたがお股を開いたら、私だってもう少し楽になるのに……って」

沙織が眉《まゆ》をひそめて言った。

ペントハウスでの誕生日パーティーの宴以来、栄吉はグラマラスな元マドンナ教師の肉体を、欲望のはけ口にしているかのように、節子の部屋を訪れているという。

誕生日パーティーでも、栄吉のイチモツに突きまくられ巨乳を揺らめかせて喘いでいた節子だが、不公平さには腹を立てていたのだ。

さらに麻美に対しても、栄吉は暴れん坊な海斗の存在を警戒し迂闊《うかつ》には手を出さない。

だが、輝也に対しては、それほど恐れてはいない。

沙織が危ない。

「男を外見で判断しちゃいけないのは分かっているけど……ダメ、栄吉みたいなタイプ、生理的に私うけつけないの。キモい」

「もし、強引に迫られたら？」

「考えられない。私、輝也としか経験ないし。どうにかなってしまいそう」

そっか。輝也は沙織ちゃんのバージンを奪ったのか。一瞬、輝也が恨めしく思えた。

「……栄吉に、何をしでかしてしまうか、私でも分からない」

そういえば高校時代に沙織は、夜道で触ってきた痴漢に、持っていたCDラジカセをぶんぶん振り回し、頭に命中して痴漢が気絶したことがあった。

運が良かったのは痴漢の方で、打ちどころが悪かったら死んでいただろう。

「私、触られただけで、殴っちゃうかも」

「そりゃまずい。取り返しがつかないだろう」

むろん、『甘吉』が導入した「一夫多妻」制の場合、人権は尊重されているから、性交渉を拒むことはできるし、力ずくで強要された場合には妻は夫を、強制わいせつ罪で訴えることはできる。

しかし、訴訟問題にまでこじれたら、間違いなく「夫」の栄吉は、沙織との契約を破棄する。

自分が貧しさに耐えるだけなら、その選択肢もあるかもしれない。だが、沙織の場合は、倒産した『旭北電子』の元従業員たち大勢を栄吉が雇ってあげる肩代わりとしても〝人質〟にされているため、迂闊な身の振り方ができないのだ。

沙織がこのまま栄吉の求めを拒み続けるのは無理がありそうだ。

一度は抱かれるのはやむを得まい。

ならば、どうすべきか。

沙織の心身が傷つかず、栄吉の欲求もひとまずは満たされる。そんな落としどころとも言うべき、妥協点を見つけるしかない。

翔太は、自分がしてあげられることを考えた。

「免疫作りに、僕に触られてみるかい？」

「……え!?　いんきん翔太君に？」

「だから僕はインキンじゃない！　って」

野球部のキャッチャー時代に、翔太が股間でサインを出す仕草が、痒《かゆ》くて陰部を掻いている仕草に見えたらしく、輝也だけが目当ての野球オンチな女生徒から、「いんきん翔太」と不名誉なあだ名を付けられてもいたのだ。

「ま、沙織ちゃんの好みのタイプじゃないってことは、僕は免疫作りにはもってこいだな。キモい！　と思ったら張り手喰らわせてくれても大丈夫さ」

翔太は、沙織の両肩にすっと手を伸ばすと、警戒した沙織が、一瞬首をすくめた。

「だいじょうぶ。すぐに変なところを触らないよ。それにせっかくだから、最初はマッサージしてあげるよ」

沙織の両肩から、肩胛骨の辺りを丹念に揉みほぐしてあげると、沙織の緊張感はすっかりほぐれていった。

「効くっ〜。さすがプロね」

背後から見るTシャツ姿の沙織を見ていると、体操着姿の高校時代が想い出される。小柄で華奢《きゃしゃ》な体型の沙織は、まるで少女のように初々《ういうい》しい。

教室で斜め後ろの席だった翔太は、沙織の背中に浮き出るブラジャーのホックが気になった。

スリムだけど、ブラジャーをしているんだから、おっぱいはあるんだろうな。

でも、高校時代は、胸元を間近に見る勇気はなかった。

みんなでカラオケボックスに来たときは、憧れの沙織に指一本触れられなかったことを想い出すと、感慨深い。

贅肉が全くない、すんなりした沙織の背中を指圧しながら、バックショットを眺める。

白いTシャツの内側に、ベージュっぽいブラジャーが見える。ホックはない。きっとフロントホックなのだろう。

ふ〜、ううっ、気持ちよさそうな沙織の吐息が聞こえる。

すっかりマッサージを堪能している沙織の顔が、室内の鏡に映った。

見られていると気付いていないのか、沙織は目を閉じ、唇をだらしなく開けた恍惚状態だ。

可愛らしくもあり、ちょっぴり口元が卑猥だ。

「凝りがす〜っと解けていく感じ。うまいわぁ翔太君」

お褒めにあずかるのは光栄だが、これじゃあ当初の趣旨とは違う。

「すこし、別の所、触って良いかな」

しばし沙織が押し黙った。

「なんなら、輝也にも正直に話すよ」

「べつに言わなくて良いわよ……余計に気を揉むだけだから」

「じゃ……触って良いかな」

翔太が、マッサージしていた右手を、肩から離す。

「……どこを？」

不安げな声で、沙織が尋ねる。

さて、どこにしよう。いきなりおっぱいを触るのは気が引ける。

ふと、紺色のスカートから覗く、少女のような可愛らしい膝小僧が目に入った。どんなに身を硬くし脚を閉じていても膝小僧だけは無防備に、その姿を晒していた。

翔太が、右手を、背後から沙織の丸い膝小僧にすっと伸ばし、指先で軽く撫でた。

沙織の脚がぶるぶるっと揺れた。沙織の上半身が、強ばった。

「あっ」

甲高い声を発した沙織が、身を強ばらせ、翔太の手をふりほどこうと脚をバタバタさせた。

「いや、やめて!」

　あまりの拒絶ぶりに、くすぐったいのか、とも思ったが、沙織の顔は少しもほころんではいない。眉間にしわを寄せ、唇をぐっと嚙み、なにかに耐えている。膝が、性感帯かもしれない。

　心を鬼にしなければ。

　翔太は逃げられないように左手で沙織の肩を摑み、右手で膝を愛撫し続ける。産毛《うぶげ》さえ生えていない丸い膝は、じつにさらさらした肌触りで、触っていて気持ちが良い。ゆっくりと円を描くように指先で撫でさする。

「はうっ……」

　沙織が、体をよじって身悶えた。

　耳たぶを真っ赤に火照らせた沙織は、うつろな目をぱちぱちさせ、唇はだらしなく開いてしまっている。

　沙織ちゃんが感じている!　僕に触られて悶えている!

　翔太の胸はきゅんとした。

　太腿も触っちゃえ。

　翔太は、膝を触っていた右手をす～っと太腿へ這わせた。肌がすべすべして心地よい。

勢いづいた右手がスカートの中へ奥深く入りそうになったときだった。

「何すんの！」

「痛たた」

ガリッと、沙織に引っかかれた。手の甲から血がにじんだ。だが野球で鍛えた肉厚な右手から、痛みは一瞬で消えた。

沙織は、必死に翔太の手を摑み、それ以上奥へは触らせまいとしている。

ここで怯《ひる》んでいてはいけない。なにより、キモい栄吉にべたべた触られることを想定した、予行演習にならない。

沙織は右手にばかり気を取られているぞ……ならば。

翔太は、沙織のTシャツのVネックの隙間へ、左手をさっと潜り込ませ、ブラジャーのフロントホックを外した。そのまま乳房に手を伸ばし、ぎゅっとわしづかんだ。

掌に収まるくらいの小ぶりな乳房が、翔太の手の中で柔らかくひしゃげた。

「い、いやっ……」

沙織は、駄々っ子のように拒んだが、乳首を翔太の指先でコリコリと弾かれていくと、抵抗の動作が緩慢になっていく。

乳首を何度もしつこくつま弾いているうちに、徐々に先端が膨らんでくるのを翔太の指の腹が感じ取った。

「う……う、ふっ……」

切なげな鼻声のような喘ぎが聞こえてきた。膝小僧への愛撫によって、全身の性感帯が目覚めたのかもしれない。

沙織ちゃんのおっぱいを見てみたい。

翔太は、沙織の抵抗する力が緩んだのに乗じて、Tシャツを下からたくし上げ、一気に脱がせた。先にホックを外していたベージュのブラジャーがぽろりと落ちる。

「……だめ、店員が来ちゃう」

「平気だよ。エッチも酒も煙草も黙認だから人気の店だったのさ。それに僕たちもう、高校生じゃないし」

むふふふ。沙織ちゃんと、カラオケボックスでいちゃつけるなんて。

女の子にもてず、悪い遊びをする勇気もなかった高校時代の自分を思うと、夢心地だ。

夢にまで見た、沙織の上半身ヌードが露わになった。

まるで冬の校庭に一晩で積もった初冬の新雪を思わせる色白の肌が、小さな肩から綺麗な背中の曲線を、いっそう優雅に見せている。

小ぶりながらも、裾野がなめらかな乳房は、お椀を伏せたようにキュートに盛り上がっている。色素の薄い桃色の乳首を見ていると、本当に人妻だったのかと、疑いたくなるほど、処女のイメージをかもし出している。

綺麗だよ、沙織ちゃん。

翔太はそう言いたい気持ちを抑え、栄吉の下品な言葉を真似た。

「へへへ、輝也、ザマアミロ。沙織の体は俺がいただくぞ」

露骨に嫌な顔をされた。

が、お構いなしに、沙織のバストに顔を近づける。甘酸っぱい柑橘系のコロンの香りが漂う。

片手で、沙織の愛らしい美乳をすくい上げる。ゆっくりと、包みこむように指に力を入れていくと、柔らかい乳肉が穏やかにひしゃげた。

沙織ちゃんは乳首が弱そうだな！

翔太は、沙織の乳首を、指先で小刻みにコリコリと弾く。

さらに反対側の乳首に口を近づけ、先端を舌の先でチロチロと丹念に舐め転がす。唾液をべっとりと撫でつけた。

湿った乳首をさらにべろんべろんと舐めながら、同時に反対側の乳首を指の先でコリコリとつま弾いた。左右の乳首を丹念に責めていくうちに、両方の乳首がぷっくりと隆起してきた。

「……あ、ああっ」

裸体をぶるっと震わせた沙織が、なんと自分から翔太の背中に腕を回してひしと抱き寄せてきたではないか。

半開きになった唇から漏れる、切なげな喘ぎ声も、これまでにないほどねっとりとしていて悩ましい。

初恋の人が、感じてくれたのは凄くうれしいが、目的を忘れてはいけない。栄吉ならもっと調子に乗ってエスカレートするだろう。

翔太がスカートの中へす～っと手を差し入れた。柔らかく引き締まった太腿の弾力を、掌で味わいながら、沙織が拒まないのをいいことに、徐々に、女の奥深い部分へと手を滑らせていく。

指先にツルッとしたナイロン合皮の感触があった。パンティーに触れたのだ。しかも、ぬめぬめと湿っているようだ。ナイロン素材の上から、指の腹で撫で上げる。

ううっと、感じ入った声を上げた沙織が、太腿をぶるぶると震わせた。

沙織ちゃんが、股間まで濡らしている。

栄吉のように、毛嫌いされてはいないのはうれしいな。それを実感できた喜びに浸ろうとしたときだった。

　ふと、翔太は耳の後ろの首筋辺りに、沙織の吐息を感じた。そしてクンクンと匂いを嗅ぐような鼻息まで。

「てる……」

　翔太の耳には確かにそう聞こえた。

　輝也、と言いかけてやめたのか、語尾が掠れたかのどちらかだろう。

　首筋につけてきた体臭予防のスプレーは、高校時代から輝也と同じだったことを想い出した。せっかく沙織と会うのだから、せめてもの身だしなみにつけてきたのだ。

　翔太は、切ない気持ちがこみ上げてきた。

　翔太が、指の動きを止め、チラッと沙織を見やると、目が合った。

「ごめんね……私、輝也のことを思い出しちゃった」

「こっちこそ、ごめん。輝也もずっと同じスプレーをつけていたことを忘れていた」

　すると沙織は、首を横に振り、

「うれしかった……」

　どういう意味だ？

　沙織は翔太の手を握った。

「匂いだけじゃない。触り方とかも、似てた……」

そう言って沙織は、翔太の右手を触り、乳房に導く。

触り方とかも、って……こういうことか？

翔太はもう一度、沙織の乳房を指の先でコリコリとつま弾きながら、反対の乳首をチロチロとなめ転がした。

「あ、ああうっ」

沙織はすぐに顎をしゃくって、身悶えた。

驚いた。いくら親友だからって、まさか輝也と、触り方まで一緒とは。きっと思春期の頃に、同じ週刊誌のセックス入門などマニュアル記事を読んだのだろうか。

沙織の声が、悩ましげな喘ぎにかわると、翔太は、輝也への後ろめたさから、愛撫を止めようとした。

「いやっ、やめないで……せめて、今だけ、辛さを忘れさせて」

翔太の体をひしと抱きしめて、沙織がしめった声で言った。

「ぎゅーっと、抱きしめて！　この太い腕で……」

沙織は、きっと僕の体を、愛する輝也に見立てているに違いない。

目を閉じてもいる。輝也の顔を思い浮かべているのだろう。

甘く切ない抱擁ののち、翔太は、親友に成り代わって沙織の体を、火照らせることにした。

「他に輝也は、沙織ちゃんにどんなことをしてくれたの？」

「どんなことって？　……」

「だから……ベッドの上でのことだよ」

沙織が、顔を赤らめた。

「ぺろぺろ……」

「下を？」

沙織が小さく頷いた。

翔太は、沙織の恥じらいを最小限にとどめるため、先にスカートの中からパンティをさっと下ろし、それからテーブルの下に潜って、スカートをゆっくりとまくりあげた。いくら〝青少年〟に甘い店とはいっても、沙織だって、個室で全裸になるのは抵抗感があろう。

柔らかく引き締まった太腿を手でゆっくりと押し開いてあげる。奥まったところに、うっすらと産毛のようなヘアーが覗き見られる。

翔太が、沙織の可愛らしい双の膝小僧から、すべすべした太腿をゆっくりと撫であげた。ふ〜っと微かな吐息が聞こえる。

まるで少女のような陰部に、顔を近づける。

ほんのりと汗の匂いと共に、甘さの濃い生々しい匂いが沸き立った。柔らかな陰毛を指でかき分けると、剝き出しになった秘唇は、つややかな珊瑚《さんご》色をしている。初めて見る沙織の花園に、翔太はうっとりと見惚れた。

「いやん翔太君……そんなに見ないで」

沙織の秘唇の上部に頭の丸いクリトリスが見える。舌を伸ばしてぺろりと舐め上げるとぴくぴく震えだした。翔太が、尖らせた舌を丹念に動かすうちに、クリトリスはぷっくりと膨らみ、割れ目の奥から粘った淫汁がねっとりと染みだしてきた。

「あぁっ」

秘唇の奥の肉襞が震え、沙織の熱い喘ぎが聞こえてきた。

翔太が割れ目の内側に舌を差し入れていくと、温かくぬるりとした柔肉が舌を迎え入れた。粘った愛液が翔太の口や鼻に纏わり付き、濃厚な甘酸っぱさが、舌先を刺激した。

秘唇の中に舌を差し入れてみる。ぬちゃっという卑猥な水音がして、割れ目の奥から、淫汁があとからあとからにじみ出てくる。

さらに舌を、秘唇の奥深くまでにゅるりと潜り込ませると、沙織がぴくっと身をよじらせた。

「あ、あうっ」

沙織が潤んだ秘部を翔太の鼻に押しつけ、腰をくいくいと揺すりだした。

初めて見せた元美少女らしくない淫らな姿は、翔太の情欲をいやが上にも駆り立てた。

ズボンの中で嘶《いなな》きだした肉棒がぴくりと動いた。

膨らんだ翔太の股間に、感じ入って揺れ動いている沙織の足が、偶然にもツンと当たった。

すると、沙織の素足が、敏感な肉棒の先端を、二度三度ツンツンとおねだりするかのように刺激してくるではないか。

翔太は思わずうっと声を発した。ズボンの股間部分は、まるでテントを張ったかのように膨らんだ。

「てる……」

目をつむったまま、沙織がそう言ったのを確かに聞いた。

沙織ちゃん、きみは、こんな所でまで、輝也のことを思い出すのか。

輝也しか男を知らない彼女にとって、勃起した肉棒は、イコール輝也だった。

沙織は、この漲りを欲しがっている！

輝也になりきって、欲情した沙織の体と心を満たしてあげることは、罪だろうか？

許せ、輝也。

翔太は、ソファーに座ってズボンだけを下ろすと、沙織を抱きかかえて膝の上に乗せた。そのまま沙織の腰を掴むと、対面座位の体勢で、力まかせに前後に揺さぶった。

「沙織」

輝也似のハスキーな声で名を呼んだら、沙織は翔太の背中に手を回してしがみついてきた。美乳のふんわりとした膨らみを胸で感じる。

「は、はぁん……」

スカートの中はノーパン状態だ。なめらかなヒップの双の小山が、翔太の股間にのしかかる。ブリーフ越しの猛った肉棒が、沙織の湿潤な割れ目にぐりぐりと当たっている。

誤って肉棒を挿入しないようにブリーフは穿いたまま、男の漲りで沙織のボディーを昂らせてあげようというのだ。

汗と女の秘部からのおびただしい愛液がブリーフの薄い生地にべっとりと張り付き、亀頭の出っ張り部分が、そのまま沙織のクリトリスを容赦なく摩擦した。秘唇からの粘液が付着したぬるぬるした感触がたまらない。

腰を揺さぶるたびに、沙織は翔太の背中に爪を立て、顎を突き上げて身悶えた。

「ああっ、て、輝也」

沙織はしっかりと目を閉じ、艶やかな声で、夫の名を呼んだ。

輝也よ。沙織は今、この身を通じて、お前に抱かれているんだ。

愉しかった夫婦の営みを脳裏に浮かべ、快感にむせび泣いているのだ。

はぁはぁと熱い息を漏らし、耳たぶを真っ赤にしてしがみついている沙織の小顔がいじらしい。まるで熱病に魘《うな》されている子供のようだ。

翔太は、なだらかな頬にキスしたくなったが、我慢した。

表情は可憐だが、沙織の下半身は、翔太の揺さぶりにくいっくいっと悩ましげに動き、淫らさをかもし出している。グラインドの仕方がこなれている。

きっと夜な夜な輝也の上に跨がって、あいつを悦ばせたに違いない。まったく羨ましい限りだ。

もっと、乱れる沙織が見てみたい。

翔太は、唾液をべっとりと撫でつけた指で、沙織の乳首をコリコリとつま弾いた。

「はぁっ」

びくんと胸を反らせた沙織が、快感を貪るかのように、翔太の強張りを秘部に食い込ませ、キュートな腰を激しく振り立ててきた。

愛液まみれの秘唇をひくつかせ、ブリーフ越しの肉棒の敏感な部分を、きゅっきゅっと締め付け淫猥に圧迫してきた。

雁首がヒップの柔肉にコリッと引っかかる摩擦感が、男の神経をざわつかせる。

漲る亀頭が、クリトリスを擦りあげる。沙織のその突起もあからさまにしこり立っていた。

「はぁっ」

沙織がジョッキースタイルで腰を躍動させる。お尻の弾力で、ブリーフの中の亀頭は、ヒップの圧迫と摩擦の負荷を受け、極限にまで膨脹していた。海綿体がぴくぴくと脈動してきた。

うっ……もういきそうだ。

天にも昇る恍惚感が押し寄せた直後に、陰嚢がぐつぐつと煮えたぎる。

たちどころに翔太は堪え性を失い、白い精を、沙織の太腿にほとばしらせた。

沙織の熱い喘ぎも最高潮となった。

「て、輝也っ！　あ、うっ……」

うわずった声で、最愛の人の名を呼ぶと、沙織は腰をがくがくさせたのち、汗だくの体を大きくのけ反らせた。

翔太の肉棒のパワーと、腰遣いによって絶頂に達したのだ。

沙織の気持ちの中では、輝也に抱かれてのぼりつめたのだ。

言わばバーチャルセックスだ。

彼女のハートは浮気をしていない。

このことは、二人だけの秘密にしておくべきだと、翔太は感じた。

一息ついた沙織に翔太がたずねた。

「もし栄吉に、同じようなことをされたら、どうする?」

「ぶん殴りはしないわ。今みたいになんとか、輝也のこと考えて我慢する……ありがと」

防犯訓練の強姦役がほめられたようで、男としては複雑な心境だが、殺傷沙汰は起きずにすみそうだ。

「輝也が心配しているから、声だけでも聞かせてやってくれ」

そう言って翔太は、輝也の携帯電話の番号を沙織に伝えた。

カラオケボックスを出て、沙織と別れた翔太は、これから自分がすべきことを確認した。

今、大事なのは、輝也の怒りを爆発させないことだ。

そこでまず、栄吉には、仮に沙織と関係を持つことがあっても、絶対に誰にも自慢するな、誰にも言わないでくれ、とメールで伝えた。

共通の知り合いも多いのだから、そういうゴシップは必ず輝也の耳に入る。輝也が、本気でお菓子の盗作を暴こうとしたら、『甘吉』はつぶれ、町中が飢え死にしかねないのだから。

翔太は、輝也に電話で状況を伝えようとしたが、中々電話が通じない。どうしたのだろう。借金返済の生活苦で、電話料金を払えずに通話が出来なくなったのだろうか。

胸騒ぎがした。

念のため翔太は、輝也が勤めている会社の寮を探し出して手紙を送ることにした。沙織が栄吉に抱かれてはいないこと、くれぐれも、『甘吉』の商品盗作を他社に訴えさせるなど早まったことはしないで欲しいとの思いを文章にしたためた。

実家の部屋の勉強机で、便せん代わりに使った大学ノートの切れ端に、つい本音を落書きした。

沙織ちゃんと何回エッチしたんだ、自分ばっかりずるいぞ　輝也！

第五章　共通の秘密

沙織と会ってから数日後、翔太は久しぶりに母校のグラウンドにいた。

この日は、町民の大半を占める『甘吉』の社員と家族が参加する運動会が行われていたのだ。

経済破綻で沈んだ人々の気持ちを少しでも和ませたい！

そう思った翔太が企画し、かねてから栄吉に提案して実現したイベントだ。

翔太が故郷に戻ってから一ヶ月、北海道の初夏、旭北高校の上には澄み切った青空が広がっていた。

一夫多妻制度の施行からも一ヶ月がたった。

財政破綻を解消するためとはいえ、歪んだ制度によりやはり人々の心に亀裂が生じていた。

この日運動会に参加したのは、町民の一部に過ぎない。生活力がなく、妻を奪われた男たちは、公の場に滅多に姿を現さなくなった。

それでもグラウンドでは、子供からお年寄りまで千人近い町民が、パン食い競走や親子リレー、玉入れなど様々な競技を楽しんでいる。

マッサージ師でスポーツトレーナーでもある翔太は、救護班として子供たちの安全に目を配っていた。

栄吉は、貴賓席で沙織、節子、麻美、三人の妻をはべらせていた。

〝元亭主〟への想いで揺れる、麻美と沙織が淡々としているのに対し、元マドンナ教師の節子は、真っ白なドレススーツを身に纏《まと》い、栄吉のもとを訪れる来客に上品な笑みを振りまいていた。

私こそが第一夫人！　と言わんばかりに振る舞っているように翔太には思えた。

本妻の座を一番狙っているのは、節子かもしれないと、翔太は思った。もっとも栄吉の方は、沙織や麻美にもデレデレとした顔で話しかけ、一夫多妻制を満喫している。

昼食時が近づくと、豪勢な仕出し弁当やら、鰻重やら、寿司が、貴賓席に運び込まれた。栄吉が、翔太の方へ手招きする。

「翔太、お前もこっちに来て食え」

「そうよ、翔太君。鰻もお寿司もワインもあるわよ。遠慮しないで一緒に食べましょう」

救護テントにいた翔太は、栄吉と節子から誘われたが、今は手が離せないから、と言って丁重に断った。

節子、麻美、沙織。この三人の女性とは、色々と事情はあれ、肌を合わせた間柄だ。やましいことをした覚えはないけれど、一緒に昼飯を食べるというのは、少々気まずい。

ぷ～んと、貴賓席の方から鰻の蒲焼きの匂いが漂ってきた。美味そうだが我慢しよう。妻を寝とらば、身の程をわきまえねば。

仕方ないから、おにぎりでも買おうと売店の方へ翔太が歩いて行くと、背中をぽんと叩かれた。

「やっほ。はい、これ翔太君の分」

天使のような微笑みで、寿司の折り詰めをくれたのは、沙織である。

「うわぁ……感謝感激だよ沙織ちゃん」

「翔太君、なんとなく、貴賓席に来づらいだろうな、って思ってさ」

翔太は、つい数日前のカラオケボックスでの出来事が目に浮かんで生唾《なまつば》がでそうになったが抑え、必死に脳裏から消し去った。

沙織は、近くに栄吉がいないのを確かめて、話を続けた。

「実は昨日、輝也から電話があったわ。長くは話せなかったけど」

「ちぇっ。輝也のやつ、僕がかけても出ないのに、沙織ちゃんにはしっかり電話してやがる」

女房役より、やっぱり本物の女房が大事ってわけか、と、以前は何度も口にしていた冗談を呑み込んだ。

「輝也と何を話したの？」

「～近いうちに二、三日休みが取れそうだから旭北町に帰る。もし帰れたらほんの少しで良いから会おう～って」

まさか輝也は、盗作疑惑の証拠を『甘吉』から入手しようと、帰郷するんじゃあるまいな。

おもむろに沙織がポケットから出したお菓子は、輝也が盗作疑惑の証拠を掴もうとしている『栗つぶ入り生キャラメル』ではないか。

「沙織ちゃん！　それ、なに？」

「え？」

沙織はきょとんとした顔で生キャラメルを一粒口に入れ、もぐもぐと美味《おい》しそうに口を動かした。

「なにって、その辺で売ってるじゃん」

「輝也、そのお菓子のこと、なにか言ってなかった？」

「ぜんぜん」

沙織は頭を振って、もう一粒口に入れた。

栄吉は嫌いでも、お菓子は美味しいらしい。

余計な心配を沙織にかけるのも気の毒なので、輝也が策略を練っていたことは話さないことにした。

「栄吉のことは聞かれたのか？」

「『沙織、無事か？』って聞かれたから、『今のところは……』って答えたの。そうしたら輝也、ふ〜って、ため息吐いて、しばらく二人で沈黙しちゃった」

なんという、切ない夫婦の会話だ。

翔太も言葉を見つけられずに、黙り込んでしまった。

沙織が、徒競走などで盛り上がっているグラウンドを遠い目で見つめていた。

「高校三年のときの運動会を想い出しちゃった……」

「僕もだよ」

歓楽街の少ない地方都市の若者にとって、休日に行われる運動会や文化祭などの学校行事は格好のナンパの場所だ。その日の運動会も、隣町の暴走族が押しかけてきては、沙織、妹の陽菜や数人の女の子に、グラウンドの周辺で声をかけ、嫌がる彼女たちから無理やり電話番号を聞き出そうとした。

それをたしなめようとした男性教師が、暴走族に殴《なぐ》られたと知るや、海斗が果敢に一人で立ち向かった。

お前ら、旭北高をなめんな！

十人近くいた暴走族を相手に一人で大立ち回りする海斗を見て、普段は彼を疎《うと》んでいた真面目な同級生たちも触発され、数十人の男子生徒が熊手やら竹箒《たけぼうき》やらをわ〜っと必死に振り回し、茶髪金髪の暴走族に殴りかかる。これにはさしもの暴走族もすたこらさっさと退散したのだった。

「海斗君を見ていて、嬉しくて、じ〜んときちゃった。男の子に守ってもらうのって、ドラマとか漫画では良く観るけど、私は初めてだったわ」

輝也先輩もいいけど、海斗さんにもぐっときちゃった、と陽菜はおませに微笑んだと言う。

「沙織ちゃんは、海斗に惚れなかったの？」

「だってその頃から私、輝也を好きだったもん」

もじもじと足で校庭の砂をいじりながら、沙織がはにかんだ。

「そういえば翔太君は、あのとき何をしていたの?」

ちょうど六月の上旬で、夏の甲子園予選も控えた大事な時期に、エースの輝也の肩に万が一のことがあってはいけない。翔太は、喧嘩に加勢させるまいと、すぐに輝也を見つけ、お前は行くな! と、必死におさえたのだ。

「僕は、我が校のエースを必死に守ったさ!」

翔太が誇らしげに言うと、沙織が思い出し笑いをした。

「想い出したわ。結婚してから聞いたけど、輝也、あのとき喧嘩が起きていたのを知らなくて。だから翔太君がいきなりわめきながら抱きついてきたから、ひょっとして翔太君はホントに自分を好きなのか? って一瞬だけ疑ったそうよ」

今となっては楽しい想い出だ。

懐かしいあの頃の関係に、戻れないだろうか。

そういえば栄吉は何をしていたかは覚えていないが、運動会や遠足など学校行事の日は、父が作った和菓子の試作品を友達に配っていたから、きっと喧嘩どころではなかったのだろう。

今や、その栄吉は町の経済を支える大会社『甘吉』の若社長だ。

昼飯時を利用し、栄吉が新作のお菓子のPRを兼ね挨拶をするために、校庭の中央に設置されたステージに登ったときだった。

ドッドッドッ。ドドドドド。

けたたましい地鳴りのようなエンジン音が聞こえ、次第に大きくなってきた。

突然、大型のパワーショベルが三台、旭北高校の正門から校庭の方にキャタピラーを鳴らして近づいてきた。

あ、ユンボだ!

三台のパワーショベルが、扇の陣形を取って走る様は珍しく、小さい男の子らは、指を差して喜んでいる。運動会に参加していた町民たちも、なにかの出し物だと思っていた。

ちょうど、栄吉がステージにあがり、マイクのハウリング音が聞こえてきただけに……。

だが、壇上の栄吉は、眉をひそめ表情を強ばらせていた。傍らには、これからPRするお菓子が積まれているがそちらには見向きもせず、迫り来るパワーショベルだけを凝視している。

さらに後方からは、パワーショベルを載せてきたと思われるトラックが三台。六台とも黄色い車体には倒産した『郷田組』の文字が。

先頭のパワーショベルの運転席から顔を出したのは、上下つなぎの作業着をまとい、真っ黒に日焼けした、郷田海斗だ。

なんと、マグロ漁船で遠洋漁業の仕事をしていたはずの海斗が、『郷田組』時代の仲間十人ほどを引き連れてやってきたのだ。

救護テントにいた翔太は啞然《あぜん》とした。

なぜだ。麻美へ〝改心メール〟を送っていた海斗が、帰国したときに激怒しないよう、麻美から、町の経済状況の悪化など、少しずつ事情を伝え始めていたはずなのに。

なぜか海斗は帰国を大幅に早め、前触れもなく旭北町に舞い戻ってきたのだ。

貴賓席に座っていた麻美も、美人が台無しになるほど口をあんぐりと開けている。翔太と目が合うと、私も知らない！　と言わんばかりにただただ首を横に振っている。

パワーショベルとトラックが、壇上の栄吉を囲むように止まった。

海斗は、壇上の栄吉に迫っていく。

「てめえ栄吉！」

「ポンコツ野郎、何しに来やがった！」

「俺の麻美に何をした！　一夫多妻制だと。ふざけるな！」

「殆どの元亭主は同意している。文句を言っているのは、海斗、お前だけだ！」

「同意しているだと!?　金がないから泣き寝入りしているだけだ！　貴様は独裁者のつもりか！　おい、やっちまえ」

ババババババーン。

ボスの号令に続き、トラックに乗っていた海斗の部下二人が、突如機関銃を栄吉に向けて放った。音で実弾ではなくエアガンと分かるが、校庭内からは悲鳴が上がった。

「痛たたた、海斗、ぶっ殺すぞてめえ」

玉が当たってたまらず栄吉は、お菓子のディスプレイの陰にしゃがむ。

三台のパワーショベルが一斉に動き出した。

運転席に戻った海斗の車はステージへと突進。

下がって、また突進。ベニヤ製のステージはあっという間に衝撃で崩れ、板にしがみついていた栄吉はたまらず転げ落ちた。

「若社長」

「栄吉さん」

水色の衛生服を着ていた『甘吉』の工員が慌てて栄吉にかけ寄ってガードする。

「くそっ！　バットかなんか持ってこい、ぶっ殺してやる」

海斗は、数台の重機でステージを取り囲み、栄吉に襲いかかった。

「海斗、やめないか」

翔太は必死に大声で止めるが、海斗はまるで獲物を狙う肉食動物のごとく栄吉だけを睨み付けてパワーショベルを操縦、聞く耳を持たない。

残る二台のパワーショベルは、縦横無尽に立て看板や、テントに突進。運動会をめちゃめちゃにしようと暴れまくっている。戦車と化したユンボや屈強な『郷田組』の男たちから、子供たちを守るので精一杯だ。

貴賓席の方へ逃げてくる栄吉。

栄吉の指示を得た『甘吉』の工員三人が、校内から調達してきた消火器を、一斉に海斗のパワーショベルへ噴射した。

「やめろ！　エンジンにかけたらぶっ殺すぞ」

その言葉を聞いた工員三人がノズルをエンジンに向ける。

衛生服にマスクをした工員たちが消火剤の泡を噴射する様は、さしずめ化学兵器を扱うテロリストのようで、『郷田組』の男たちの表情に緊迫感が走り、いっそう本気にさせてしまった。

「アンタたち、見た顔ね！　海斗と学校サボっていたのを覚えてるわよ！」

エイやっ！　と、刺叉《さすまた》を振り回し、海斗の手下をたじたじにさせているのは節子だ。

「栄吉君、校門脇の倉庫にたくさん刺叉があるから持ってこさせな」

「助かるぜ、先生」

やがて刺叉やバットで社長を守ろうと応戦する『甘吉』の幹部らと、海斗たちとの乱闘となり、運動会はめちゃめちゃだ。

翔太は、逃げようとして転んだ子供のケガの手当などに追われた。

「こりゃ、包帯と軟膏が足りないぞ」

まさかこんなハプニングがあろうとは夢にも思わない。

それにしても、なぜ海斗は急に戻って来たのか？

貴賓席にいた麻美がたまらず、メガホンを手に、海斗に叫んだ。

「海斗！　どうして私にも知らせず急に戻って来たの？」

と叫ぶと、海斗は不敵な顔で、

「奇襲をかけるには、誰にも言うわけにいかねえんだ」

「麻美、お前、海斗になんか喋ったのか？」

栄吉が社員に守られながら麻美にそう言うと、否定しようとする麻美を遮って、海斗が高笑いした。

「輝也が教えてくれたぜ！」

輝也が？　それには翔太も驚いた！

「あいつも、沙織をとられてヤケになってたんじゃねえのか！　わざわざ漁の会社を調べ上げて連絡してきたぜ」

なんと輝也が、マグロ漁船の船会社を経由してまで、船上の海斗に連絡を付け、一夫多妻制のこと、麻美までが栄吉の妻にさせられていることを意図的に教えたのだ。

そうすれば絶対に血相を変えて帰国し、栄吉を攻撃するに違いない、と。口より先に手が出る海斗の狂暴さを熟知した輝也が、ミサイルの発射ボタンを押したようなものだ。

遅かった！　そして甘かった、と翔太は悔やんだ。輝也と連絡が取れないなら、出稼ぎ先の東北へ探しに行って説得するくらいのことをしなければいけなかったのだ。

運動会は壮絶な修羅場となっていた。

貴賓席に逃げてきた栄吉を襲おうとパワーショベルが突進してきた。

はじき飛ばされたパイプ椅子が、貴賓席に残っていた沙織に当たりそうになり、翔太は身を挺《てい》して飛び込んだ。パイプ椅子が背中に当たり、鈍痛が襲ってくる。

「翔太君！」

「だ、大丈夫だ……安全なところに逃げてくれ……君を守らないことには、輝也に申し訳が立たない」

沙織が頷いてその場から避難した。

翔太は立ち上がって、海斗に必死に訴えた。

「海斗、子供たちも、関係ない人もみんないるんだ。やめないか！」

「翔太、お前も栄吉の手先か！」

「誰の手先でもない！　町をなんとかしたいだけだ」

「きれい事を言うな」

「海斗……自分が傷ついたからって、相手がどうなっても良いって言うのか。どっちも破滅するだけじゃないか」

「独り者のお前に何が分かる！　おい、みんな手加減するな！　栄吉を二度と女を抱けない体にしてやれ！」

怖くなった節子が、一一〇番しようとしたが、翔太がそれを止め、車を飛ばして旭北署に行き、同窓生の警官たちを呼び寄せた。

一一〇番されると道警を通じて、マスコミに一夫多妻制度による怨恨が知られ、旭北町と唯一税収入を担っている『甘吉』のイメージに、傷がつくからだ。今、『甘吉』がつぶれたら、この町の収入はゼロになる。

警官と共に校庭に戻ってきた翔太は、

「海斗、今日は矛《ほこ》を納めてくれ！　今度話し合おうよ。栄吉、なんとか、今日のことは訴えず堪えてくれないか。このことが町の外に知れたら、『甘吉』のイメージダウンだ」

「……いいだろう……翔太の言うとおりだ」

栄吉は、みんなの手前、懐の広いところを見せ承諾したが、海斗は、

「俺に失うモノなどない！　バカげた制度をやめない限り、何度でも来る！　覚悟しておけ。次は祭りの夜だ！」

麻美を帰さない気なら、また襲う！　というつもりだ。

旭北町の年に一度の春祭りまで、あと一週間だった。

なぜ、皆で汗水流した想い出のグラウンドで、憎しみ合わなければならないのか！

翔太は悔しくてしかたがなかった。

騒然としていた校庭を、隅の記念樹の木陰から悲しそうに見つめる一人の女性に、翔太は見覚えがあった。

陽菜ちゃん⁉

沙織の妹で、東京でダンサーをしているはずの陽菜だった。

クリッとした瞳だけは、沙織に似ているが、上唇は自然に捲れ上がったキュートなアヒル口。小柄な体には不釣り合いな巨乳が、派手な蛍光色のTシャツの胸元を内側から大胆に盛り上げている。トランジスターグラマーだ。

陽菜は、十年前の卒業式に、まさにこの校庭で、女子生徒の憧れだった輝也の目を引こうと、超ミニスカートのチアガール姿でムチムチの太腿を見せつけダンスを披露。ショーツまで見えるあまりのスカートの短さに、思わず翔太が「校則違反で停学になったらどうするんだ」とたしなめると、

「あはは。スコートに校則なんてないも〜ん」とあっけらかんと笑い、もっと高く脚を上げムチムチした太腿を惜しげもなく晒したことを、昨日のことのように思い出した。

陽菜は、翔太が高校三年のときに一年生で、女子マネージャーとして野球部へ入ってきた。でも、野球が好きだったからではない。

「試合でテレビに映って芸能プロダクションにスカウトされたい」というなんともおませで今どきの女の子だった。

マネージャーといってもベンチで大人しくスコアブックをつけるタイプではなかった。ラッキーセブン（七回）の攻撃の前には、わざわざ着替えてチアガールに早変わり！　スタンドに移動して、友人たちと、脚を高々と上げてはお色気を振りまいていた。

対戦高校のツッパリから、声をかけられることもあり、そのつど翔太らが追い払うなど、憎めないが目が離せない、妹的な存在だった。

翔太が卒業後に上京してからは、しばらく接点がなく、最後に会ったのは数年前に旭北町で催された輝也と沙織の結婚式の披露宴だ。

ファッショナブルなドレスをまとった陽菜が、びっくりするほど垢抜けて、華やかになっていた。そのときに芸能プロダクションの人にスカウトされ、東京でダンサーの仕事をしていることを翔太は初めて知った。同じ東京にいるのに、連絡くれないなんて水くさいじゃないか、と言うと、

「これでもワタシ、CDデビューしている芸能人よ！　写真週刊誌に撮られちゃうからな～」

天真爛漫な笑顔を見せ、頼みもしないのに翔太が着ていたタキシードの下のワイシャツにサインをしてくれたっけ。

その後は、ダンサーの仕事が上手くいかず、アルバイトをしている話を沙織から聞いた。

だが、その沙織も、輝也の会社が倒産し、財産全てが差し押さえられ、救いの手を差し伸べられぬまま、一夫多妻という悪夢のような状況に陥ってしまったのだ。

利口な長女と、奔放な次女、と周りからは思われている。だが、実は幼い頃に小児ぜんそくで病弱だった沙織は、大事に育てられ、ぬいぐるみやアニメ映画のビデオなど、欲し

い物を買い与えてもらっていた。

その分、二歳下の陽菜は、子供服はぜんぶお下がり。沙織の発作がひどかった小学校の低学年の頃は、家で一人にさせないように、お留守番をするなど、我慢することが多かったのは陽菜の方だった。

そういえば、野球部のマネージャーの仕事そっちのけで、ダンスの練習をしていた陽菜に、翔太は聞いたことがあった。

陽菜ちゃんは、どうしてダンスが好きになったの？

「ダンスなら、お姉ちゃんと家で留守番していても一人で練習できたんだもん。テニスやスキーじゃ無理でしょう」

母校の校庭で、久しぶりに見た陽菜の出で立ちは、襟ぐりの開いた派手なTシャツの上に、豹柄のブルゾンを羽織り、下は、極短のショートパンツ。茶色い髪と化粧もギャル雑誌の読者モデルのように派手だが、木陰でたたずむ表情は切なげで、とぼとぼと校門の外へ向かって歩き出していく。

「陽菜ちゃん！」

呼びかけた声に振り向いた陽菜が、翔太を睨んだ。

「なによ、この町、最低！」

陽菜の視線が突き刺さる。

前触れもなくふらりと帰省したその足で、母校に立ち寄った陽菜は、海斗と栄吉の騒動を目の当《ま》たりにし、みんなの丁々発止の言い合いから、一夫多妻制などの事情を知ってしまったのだ。

校庭から避難していた沙織も、妹に気付いた。

「陽菜、帰ってきていたの？」

「お姉ちゃん、なにか隠していると思ったら、こんなことになっていたなんて。どうして栄吉なんかと一緒にいるの⁉　輝也さんはどうしたのよ！　みんな嫌い！」

陽菜が走り出す。

「待ってくれ、陽菜ちゃん」

沙織がその場に屈《かが》んで、泣き出した。

「姉なのに、私、なんにもあの子にしてやれない……」

「僕、ちょっと行ってくる」

そう言って翔太は、陽菜が向かった方へ駆けだした。

陽菜が、バスに飛び乗った。実家のある方向とは逆で、ＪＲの急行が停車する隣町の駅行きだ。

町を去ろうとしている。

バスを追って翔太は走った。隣町の駅までは一本道。田舎のバスは速い。渋滞もなくどんどん遠ざかる。

翔太は諦めずに走った。

芸能事務所にスカウトされながら、東京で苦労している陽菜が、姉の沙織にも告げずひっそりと帰省したのだ。よほど、心細かったに違いない。

だが、彼女の心のよりどころになるはずの故郷は、寂しいシャッター通り。想い出が詰まった高校のグラウンドでは、昔の仲間が憎しみ合っているのだ。

最低の町！　……

陽菜の言葉が胸に突き刺さる。

翔太の脚力に限界が見え始めた頃、停留所ではないところで、バスが停まった。

「女子マネ……翔太さんの話だけでも聞いてやらんか」

見ると運転手は、一年後輩の野球部員だった。

大きなバッグを抱え、ぽつんとバスから降り立った陽菜は、あどけなさの残る顔をくしゃくしゃにして、翔太の胸をぽかぽかと叩いた。

「へぼキャッチャー、どうしてみんなをリード出来ないのよ。こんなんじゃ私のサイン会出来ないじゃない！　翔太さんのばか」

まるで子供のように泣き出す陽菜を、国道沿いのドライブインに連れて行って、翔太は話を聞いた。

陽菜は、五年前に札幌で買い物しているときに芸能事務所にスカウトされ上京した。大好きなダンスのレッスンをはじめ、一年後には女性ダンス・ボーカルユニットの一人としてデビューしたが、全く売れず解散。年々、バックダンサーとしての仕事も減り、深夜コンビニでアルバイトする生活は辛かった。

それでも親の反対を押し切って上京した手前、実家には頼れず、おまけに、沙織が嫁いだ輝也の家が破産したことを知ってからは、迷惑かけまいと、沙織にも金銭的な辛さは言わないでいたのだ。

沙織にしても、妹に余計な気は使わせまいと、一夫多妻制のことは告げずにいた。

「お姉ちゃんにも心配かけたのに、さっきひどいこといっちゃった」

陽菜が声を落として言葉を続けた。

「私、親に顔見せにちっとも帰ってこなかったし、きっと罰が当たったんだわ」

「どうして、帰ってこなかったの？」

「有名になる！　みんなにそう言って東京に行ったのに……ぜんぜん活躍できてないし。プロのダンサーにもなれなくて、みんなに合わせる顔がないし」

所属していた芸能事務所からも契約を打ち切られ、自信を失い心細くなって、ひっそり、帰ってきたのだ。

なのに、故郷は最低の町になっていた。

都会で傷ついた者の心を、包み込むことさえできないなんて、故郷じゃない。

「もう少しだけ、行っちゃうのを待ってくれないか。僕が必ず、チームメイトをまとめる！　昔の故郷に戻すから！」

力強く言った翔太を、素直な目で見つめる陽菜は、うなずきかけて、

「う〜ん、どうしようかなぁ。札幌にいる友達から、セクシーパブで一緒に働かないかって誘われているんだ」

頼んだチョコレートパフェを食べながら、陽菜があっけらかんと言った。

「セクシーパブ!?　そんなところで働いちゃダメだ！」

「どうして？」

「客に、おっぱいを触られたり、キスをされるんだぞ」

「へぇ～、翔太さんもセクシーパブ行ったことあるんだ？」

「な、何を言うんだ。東京にいたんだから、それくらいの知識はあるさ」

頬杖をついていた陽菜の、派手なTシャツの襟ぐりから、たわわに実ったトランジスターグラマーの乳肉が思わず目に入る。

そういえば高校時代、部室で一人着替えていた陽菜の乳房を見た夜、オナニーのネタにしたっけ。

いかんいかん、こんなときに不謹慎だ！

と、甘酸っぱい想い出を脳裏からかき消した。

「あ、今私の胸の谷間見たでしょ！　むっつりスケベねぇ」

翔太は、小悪魔的な魅力を増した陽菜のことが心配で、実家まで送り届けることにした。

ドライブインを出ると、翔太はタクシーを捕まえて陽菜と乗り込み、実家の方へ向かった。

「車も、人も減っちゃったね。なんだか悲しくなっちゃう」

がらがらに空いている道を見て、陽菜がぽつりと言った。

「ま、良いときもあれば、悪いときもあるさ。町も人も、何ごとも……」

このままでは、町の人たちの心は崩壊する。皆で仲良くしていた昔に戻さなければ。車窓を眺めながら、改めてそう誓った。

翔太にとって陽菜の存在は、「町を蘇らせたい」熱意の象徴となった。

だが、一夫多妻制度をやめれば、子女は路頭に迷う。

制度の実施以来、生活保護の支給がほぼゼロに減るなど一定の成果を上げてもいたのだ。

果たして、財政（税収）を立て直し、町民みんなが円満に暮らせる方法はないだろうか？

町を再建するにも、仲間の団結は不可欠だ。

翔太は、栄吉、輝也、海斗、三人の関係修復から計ることにした。

『旭北電子』、『郷田建設』、ともに会社がつぶれてしまったとは言え、いまだに輝也、海斗を慕っている若者も多く、影響力は強いと翔太は思った。

まず、輝也と栄吉の関係修復から考えてみよう。

なんとか、栄吉に、沙織を手放させる方法はないものか。

栄吉の、沙織へのこだわりは、ひとえに輝也に対する過去の恨みだ、と思った。

思い当たるのはやはり、卒業式の日、父・定吉と丹誠込めて作った新商品『夕張メロン大福』を、『旭北電子』の売店に置かせて欲しいと売り込んだとき、輝也に「偽物はダメだ！」と切り捨てられたことだが……。

そのことを話すと、陽菜は首をかしげた。

「もっと前から、栄吉さんは、輝也先輩と海斗先輩を、恨んでいたと思うわ」

「いつからだい？」

陽菜の記憶では、高校三年の春合宿の最終日ではないかと言う。

夏の甲子園大会を目指す地方予選に備え、春合宿は毎年ゴールデンウィークに行われた。学内の宿泊施設に泊まり、連日グラウンドでみっちりと猛練習、練習試合もこなす。最終日は、練習後に、隣の市にある球場で、ライバル校の『北海実業《ほっかいじつぎょう》』との練習試合が午後から行われたハードな一日だった。

陽菜によれば、試合後のクールダウンも終わったあとのことだった。

試合でデッドボールを受けた栄吉が痛がりながら部室に入った。マネージャーの陽菜は、救急箱を持って行ってあげようと部室を開けたところ、一人中にいた栄吉が言った。

「あいつらぶっ殺す！」

海斗と輝也のロッカーを蹴っ飛ばしたのだと言う。

（あいつらって、相手のバッテリーのことじゃないのか？）

と、翔太は思った。

確かあの試合で栄吉は、二打数二安打のあとの三打席目、顔にデッドボールを食らった。ベンチに戻って来て「絶好調の俺に、わざと当てやがった」と怒っていたのは翔太も覚えていた。

だが陽菜は首を横に振る。

「違うと思うわ。だって、二人（栄吉と、翔太）分離れている輝也先輩と海斗先輩のロッカーを狙い澄ましたように蹴ったんだもの」

陽菜も、チームの和を考え、そのことはあえて誰にも言わず黙っていたのだ。

だとすれば栄吉は、なぜ輝也と海斗に腹を立てたのか？

合宿中は、チームの仲は良かった。

三年生の四人は同室で、最終日の前日も、明日に練習試合を控えているというのに、夜遅くまで語り合ったのを覚えている。栄吉はこっそり飲んだワインで酔っ払い、「俺たちのチームは最高だ」と、上機嫌だった。

原因は、最終日以外に考えられない。

翔太は陽菜を送った翌日、再び『旭北高校』の野球部を訪ねた。何か、当時のことを思い出すかもしれないと。

当時と同じ佇《たたず》まいの部室に入り、昔のアルバムや、スコアブックなどを眺めた。色褪《あ》せていた青春の日々の記憶が、徐々に蘇る……。

部室の傍らに置かれていた缶コーヒーの空き缶を見て、翔太はつい煙草の吸い殻入れにしていないか、確かめてしまった自分に苦笑いした。

そういや、海斗の喫煙には神経を尖らせていたっけ。

「あ！　……想い出した」

それは、翔太、栄吉、海斗、輝也、四人だけの「共通の秘密」の出来事だった。


春合宿の最終日のことだった。

午前中の練習を終えた四人は、いつものようにロードワークを兼ねて裏山へ走った。

当初は、「ランニング」と偽って煙草を吸いに行こうとする海斗を監視する目的でついて行ったのが、いつしかロードワークが日課になったのだ。

最終日のロードワークでの最中に、四人は裏山の一角でミカン箱くらいの大きさの段ボール箱を拾った。

中を開けると入っていたのは、なんと、オナホール、電動こけし、強壮剤、媚薬チョコ、ブロマイド式のエロ写真、海外物のポルノビデオ、などだ。
大人向け雑誌の広告に載っているような「アダルトグッズ」がぎっしりと箱に詰まっていたのだ。

ゴミがよく不法投棄される場所で、誰かが捨てたと思われた。

「すげえ、無修正の洋ピンだ」

「これが電動こけしか！」

若盛りの高校生が、盛り上がらないはずがない。

「うわ、金髪の外人って、あそこのお毛々も金髪なんだ」

翔太は、生まれて初めて見た、無修正のポルノビデオのパッケージに驚愕した。

クールな輝也は、エロ写真やビデオにはあまり関心を示さず、

「こんなモノが、本当にあるんだ⁉」

電動こけしを食い入るように見ていた。

破天荒だったのは海斗だ。

「あ、やべ！　俺合宿で彼女と一週間セックスしてねえし、我慢できねえ～」

なんとエロ写真とオナホールをもって、草むらでオナニーをしたのだ。

「これ、本当に捨ててあったものかな？」

翔太は気になった。

「包装された商品もあるし、ひょっとして、忘れ物じゃない？」

と輝也が冷静に言った。

「まさか！　こんな沢山のエログッズを裏山に忘れるバカがいるか」

オナホールを、すでに使ってしまった海斗はそう言うものの、やはり、全部ネコババするのは気が引けたようだ。

「よし、これは俺たちだけの秘密にしようぜ！」

海斗の言葉に賛同し、穴を掘って箱を隠し、目印の石を置いた。

四人だけが、好きなときにここへ来て、刺激的な「ブツ」を手に入れられるのだ。

数日後に翔太は、箱からビデオを取りに来て、家でこっそり見ては三回続けてマスターベーションした。

やがて、夏の甲子園大会の予選が近づくにつれ、秘密の隠し場所へも、徐々に足が遠のいていった。

翔太の記憶では、予選で敗れ去った後に、裏山に行ってみたらそこにはなかったような気がする。

いろいろ想い出されてきたぞ。

待てよ。

当日の栄吉の反応、言葉がなかなか想い出されてこない。

いつも下世話なことでキャッキャとはしゃぐ栄吉にしては、リアクションがなかったような……やはり何かあったのか？

栄吉本人に確かめるのが手っ取り早いが、内容によっては、火に油を注ぐことになりかねないのでやめておいた。

翔太は、他の二人に何か知っているか電話で聞いてみることにした。

幸か不幸か、旭北町に嵐の如く舞い戻ってきた海斗には、昔から使っている携帯に電話が通じた。

「何の用だ、翔太！　栄吉に頼まれての探りの電話か！」

「まぁまぁ海斗。頼むから、カッカしないで話を聞いてくれよ」

翔太は、十年前の春合宿のことについて聞いたが、

「そんな昔のこと知るか」

と、にべもなく電話を切られたので、翔太はめげずに知りたいことをメールに書いて海斗に送った。こういうときに携帯電話のメールは便利だ。聞く耳を持たない人でも、メールは気になって読むものだ。

輝也には、いきなり電話したらこっちがカッカしそうだ！

そこで事前にメールを打ち、折り返しの電話を待った。

一体なぜヤケになって海斗というニトログリセリン的な要注意人物に、麻美が栄吉に囲われているという火種を教えちまったのか！

十分後、輝也から電話がかかってきた。

「ヤケになって何が悪い！」

開口一番、輝也がそう切り出してきた。

「独身者のお前に、妻を取られた気持ちなんか分かるか！」

「ちぇっ、独身者で悪ぅございましたよ」

海斗と同じことを言われてしまった……。

「けどさ、輝也。僕は、ホモと呼ばれようがお前の女房役に徹して、甲子園目指して死ぬ気でがんばった、あの頃があるから、今の僕があると思う。これはきれい事なんかじゃない」

一つの目標に向かって、可能性だけを信じて、叱咤激励し合いながら、諦めずに白球を追った、旭北高野球部時代の自分があるからこそ、社会に出てからの挫折《ざせつ》は、乗り越えられた。

スポーツトレーナーとして駆け出しの頃は、技術に加えて人間関係にも悩み、円形脱毛症にまでなった。そんなとき、決まって翔太は、野球部時代のアルバムを見て、使い古したキャッチャーミットを抱いて寝た。

「だがそんな想い出が心の支えになったのは、故郷がしっかり存在していればこそだ。……陽菜ちゃんなんか、夢破れて町に帰ってきて、最初に見せられた光景が、海斗の乱闘騒ぎだぞ」

「陽菜ちゃんが？　……そうか。沙織も心配していたが、こっちも、それどころじゃ……いや、言い訳をしてもしょうがない」

「僕は陽菜ちゃんに約束したんだ。都会で傷ついた者の心を包み込むことも出来ない最低の町を、昔の故郷に戻す！　って」

キーン、キーン。野球部の部室から電話していた翔太の携帯を通じて、グラウンドでランニングをしている運動部員たちの、旭北ファイト！　という威勢の良い掛け声が、輝也に届いた。

「旭北のグラウンドか……懐かしいよ。昨日は沙織の声を久しぶりに聞いて、泣きそうになった……いや、恥ずかしいけど電話を切ったら涙が止まらなかった」

部屋でしんみり飲んでいたという輝也は、少し酔っているのか、声がくぐもっていた。

「海斗をたきつけたのは、悪かった……独りよがりな俺の暴投だ」

「輝也、強攻策じゃ、沙織ちゃんも昔の町も取り戻すことは出来ないよ。頼む、メールに書いた通り、栄吉の恨みの根源を知りたい。春合宿のときのこと、何か想い出せないか？」

輝也は、う〜んと唸った。

「試合の前だし、投球のことで頭がいっぱいで、よく覚えちゃいないんだ」

「ま、そうだよな……何か想い出したら教えてくれ」

「ああ、必ず電話をする」

輝也は、休みが取れたから深夜バスに乗ってこれから帰郷するという。

沙織と密会するなら、くれぐれも栄吉に見つからないように、と念を押して翔太は電話を切った。


次の日、翔太はさらなる記憶を呼び起こそうと、十年前の当日の行動を辿《たど》ってみることにした。

裏山から、自転車で移動した隣の『石郷市《いしごう》』の市民球場まで車を走らせる。

十年前は片側一車線だった道路は、高架線のバイパスになっていた。

小さな温泉町だった石郷市も、財政難の荒波を受けていた。旭北町ほどではないが、やはりシャッター通りが目立ち、観光客は少ない。

なんだあれは？

バイパスから数百メートルほど離れた建物の屋根に、何やら気になる看板が見える。

『石郷温泉　秘宝館』

秘宝館と言えば温泉街にはつきものの娯楽施設で、アダルトグッズも置いてあるはずだ。何かヒントが摑めるかもしれない。

翔太はさっそく車を走らせた。場所は温泉旅館や飲食店が並ぶ目抜き通りの少し外れにあり、二階建ての古びた土蔵のような建物の二階が秘宝館だった。

手書き風の文字で書かれた看板はどこか怪しげだが、シャッターは閉められ、営業している風ではない。もうつぶれたのだろうか。

翔太が帰ろうとすると、同じ建物の一階にある『スナック　じゅんこ』と書かれた店舗のネオンが灯った。

ドアが開き、中から薄紫のボディコンドレスを着た、水商売風の女性が出てきた。「営業中」の札をかけ、これから店を開けるところのようだ。

翔太は運転席の窓を開けてためしに声をかけてみた。

「つかぬ事を伺いますが、二階の秘宝館は営業してはいないのですか？」

目が合うと、女性は翔太をのぞき込むように見る。

ふっくらとした頬に、肉厚の唇が印象的な男好きのする熟女美人だ。

「あいにくもうつぶれちゃったわ。……お兄さん、温泉客？　そうじゃないよね、旭北町のナンバーだし」

「旭北町に住んでいる北野翔太と言います。じつは、わけあって、アダルトグッズのことを調べているんです」

女性は、ネイルを真っ赤に塗った手を口に当ててケタケタと笑い、

「あははは。アダルトグッズを調べるなんて、どんなわけかしら。面白そうだね。ぜひぜひお話伺いたいわ。一杯飲んでいきなさいよ。私、ママの順子。よろしくね」

あまりの強引な誘いに、まさかぼったくりバーではあるまいな、とも思ったが、ノンアルコールならと断った上で、翔太は一杯だけ飲んで話を聞くことにした。

『スナック　じゅんこ』は、小さなカウンターとボックス席が二つ、客が十人も入れば一杯になるこぢんまりとした店だ。

カウンターの棚には、国産ウィスキーのボトルがざっと見て三十本以上は並んでいる。

壁には、常連客と思しき中高年の男性たちと順子が、スキー場で撮った楽しげな写真など

が飾られていた。

気立ての良いママさんを目当てに足繁く通う、常連客が多い店かもしれない。

「まぁまぁ、こんな早くからお客様が来て下さるなんて、今夜はついてるわ」

順子は、翔太をボックス席に誘って上着を預かると、注文したジュースを出してきて、隣に座ってぴったりと丸いお尻を寄せてきた。薄手のボディコンドレスからは、括れに富んだグラマラスな体のラインがくっきりと出ている。胸とヒップが蠱惑的に張り出し、熟女の色香が匂い立つようだ。

だが、翔太が順子の体よりも目がいったのは、店の奥にある二階に通じる階段だ。

「階段があるってことは……秘宝館と繋がっているんですか？」

「鋭いじゃない、お兄さん。さては刑事さんかしら。まさかこんな所に拳銃隠し持っていたりして」

順子の派手なネイルで、膝から太腿をざわっと撫でさすられ、翔太はまるで電気が走ったように神経をかき乱された。

まさか、お触りバーじゃあるまいな……。

「私も一杯、いただいて宜しいかしら」

「ええ、どうぞ……」

料金が心配だったが、ここでケチってても仕方がない。

順子はカウンターから、ビールと共に、一枚の写真を手に戻って来た。『石郷温泉　秘宝館』がオープンしたときの写真だった。

「秘宝館が出来たのは二十年ほど前かしらね。この辺一帯で旅館を幾つも経営していた地主が、道楽で始めたのよ。最初はこの建物全体が秘宝館だったわ」

「それがどうして順子さんが一階で店をやることに？」

「その頃私は、温泉コンパニオンだった……ま、良くある話。その地主の、愛人だったというわけね」

順子は、ビールを一気に空けると、ふ〜っと気持ちよさげに息を吐いた。

「〝一階で、店やってみないか、立派な男根像が飾られていた場所だから、きっと男性客がわんさか来るぞ〟なんて、あの人言ってくれたのよ」

その地主も、数年前に病死したが、順子は、スナックに来た客が面白がってくれるので、二階の秘宝館はそのままにしているという。

「こんな若くてたくましい殿方がいらしてくれるなんて、男根像のご利益かしら」

順子の白い指が、ワイシャツの上から胸筋をさわさわと撫で回し、あざとくも爪の先で翔太の乳首にも触れた。翔太はうっと声を上げそうになった。

「感じやすい男性、スキよ。ビールもう一杯いただいて宜しいかしら」

順子が、大胆に脚を組むと、ボディコンのスカートが捲れ上がり、むっちりとした太腿が惜しげもなく露わになった。みずみずしい素肌を見ていると年齢は意外に若そうだ。こうやって肉感的な魅力を小出しにしながら、年配男性に散財させているのだろう。

長居は無用だ。

「秘宝館に案内していただけます?」

「その前に、今度は貴方の訳ありの話をお、し、え、て」

「じつは、昔の仲間が憎しみ合っているんです」

「憎しみ合う? 穏やかじゃないわね。どういうことなの?」

「旭北町の経済破綻のことは、ご存じでしょうか?」

「そりゃあ、ゴシップ好きなスナックのママですもの」

順子は好奇心旺盛な瞳をくりくりさせた。

「貧しい町民をぜんぶ町長の会社の社員にして、社則で一夫多妻制度を施行しているんでしょ。ねぇねぇ貴方に奥さんは何人いるのかしら?」

「僕は独身です……」

「まぁもったいない。そんなパワフルな体つきしているのに」

順子の好色な微笑みをかわし、翔太は、栄吉、輝也、海斗の関係を手短に話した。

「町の財政再建には、一夫多妻制度も、ある程度はやむを得ないと思います。でも、昔一緒に汗を流した野球部の仲間の妻を、これ見よがしに娶るのは良くない。なんとか、仲直りさせる方法はないものかと」

順子はことのほか、真剣な表情で聞いてくれた。

「そこで僕は、栄吉がどうして輝也と海斗を憎み始めたのか、過去の記憶を辿っていくうちに、きっかけが、十年前に旭北町の裏山で拾った、アダルトグッズの中身にあるかもしれないと思い始めたのです」

「アダルトグッズって、具体的にはどういうもの？」

「ええと、オナホール、電動こけし、強壮剤、媚薬チョコ、ブロマイド式のエロ写真、海外物のポルノビデオ……それらが一ダースずつとか、ある程度入っていたんです」

記憶を呼び起こして翔太が真顔で言うと、

「電動こけしって、例えばどういう形？」

「たしか長さは二十センチ以上ある、肌色でペニスの形をした、かなりリアルな感じでした」

「まぁたくましい男根ね。翔太さんのと、どっちがご立派かしら」

順子がねっとりと視線を、股間に注いできたが、翔太が、僕はたいしたことありません、とあっさり答えたため、それ以上その下ネタは膨らまなかった。

「そもそも、そこにどうしてそんなものが落ちていたのか見当が付かないんです」

「その分量、品揃えはきっと卸業者ね」

順子によれば、エロ本やビデオ以外のアダルトグッズというのは、そんなに個数をさばける商品ではないため、小売店は少数しか仕入れない。よって、各小売店を回って商品を卸している卸売業者の荷物と考えられる。

北海道一帯で商いをしているアダルトグッズ業者の荷物じゃないかと順子は言う。

「業者といってもずさんなところがあるから、どこかに置き忘れ、誰かが良い品だけを抜いて捨てたのかもしれないわ」

なるほど。そういえば、高価な品や金などは箱に入っていなかった。

もっと手がかりが見つかるかもしれない。

翔太は、順子に秘宝館を案内して貰うことになった。

階段を上った二階が、『石郷温泉　秘宝館』だ。

窓を閉め切っているせいか、少々かび臭いにおいが漂ってくるのは我慢するしかあるまい。

「『石郷温泉　秘宝館』にようこそ！　なんちゃって」

　順子が電気をつけると、二十畳ほどのスペースに、長さ一メートルもあろうかというご立派な男根像をはじめ、様々なオブジェ、アダルトグッズが所狭しと、置かれていた。

　順子は、黒光りする男性器の形をした電動バイブをかざしてウィンクをした。

「妻たちに求められても、これがあればオッケーよ。うふふ。一夫多妻のお友達にいかがかしら」

　順子が、ある器具の電源をコンセントに差した。

「これも楽しいわよ」

　マリリン・モンローの等身大人形だ。

　スイッチを押すと、下から風が吹き上げてスカートがまくれる仕組みで、あの映画の名場面を彷彿《ほうふつ》させる。

「きゃっ、お兄さん。見ちゃいや～」

　そう言いながら順子が、スカートをちょっと捲っておどけた。茶目っ気たっぷりの笑顔を見ていると、サービス精神旺盛な女性なのだろうと思った。

　携帯に、輝也から電話が掛かってきた。長距離バスを乗り継ぎ、旭北町の親戚の家に着いたところだ。多くの私物が差し押さえられた中、想い出の品は、その親戚の家に置かせてもらっていたというのだが……。

「じつは、昔のスポーツバッグをあけたら、妙なモノが出てきたんだ」

例の箱に入っていた熟女のエロ写真の一枚を、海斗にいたずらで貼られた輝也のノートだった。

輝也もいろいろと想い出し始めたようだ。

「裏山でこの写真を見たとき俺は『うわ、ババアじゃん』みたいなことを言ったんだ。すると海斗が『好きモノ顔の熟女はたまらねえ』と言って草むらへオナニーしに行ったんだ。そうそう」

「輝也！　その写真を、接写してメールで送ってくれないか。栄吉がお前らを恨んだことと何か関係があるかもしれない」

エロ写真に、何か理由が隠されているのではないか。

順子に頼んで、十年以上前から発売されていた古いブロマイド式のエロ写真を、見せてもらうことにした。

「珍しい方ね……本当は、ただのスケベなんじゃないの？　それとも、私に、エッチな写真を見せて興奮させる気かしら」

言いつつ順子は、秘宝館の商品棚から、古いブロマイド式のエロ写真を探し始めた。

もし、その熟女のヌード写真を、輝也が「ババアだ」とけなし、海斗がオナニーのネタにしたことで、栄吉が彼ら二人を恨み始めたとしたら……どんなことが考えられる？

考えがまとまらないうちに、輝也からエロ写真の写真つきのメールが届いた。

たしかに四十歳に手が届きそうな熟女が日本髪を結ったヌード写真だ。

釣り鐘型の乳房の形は見事で、肉感的でグラマラスな肢体は、熟女好きならずとも興奮してしまいそうだ。

しかし、写真の保存状態が悪く、顔の輪郭がはっきりしない。翔太は、順子に見せた。

「これと同じブロマイド写真はありますか？」

「ずいぶん、この写真にこだわるのね」

やがて順子が奥から出してきてくれた、一枚のヌード写真を見る。

輝也が送ってきたエロ写真と同じだ。

「あれっ……？」

モデルの熟女の顔を見て、翔太は驚いた。

誰かに似ている。

今、まさに目の前にいる女性ではないか。

「ふふっ、こうして髪をアップにすると、どう？　私と似ているでしょ」

なんと、目元の辺り、顔の輪郭、順子にそっくりだ。

「まさかこの写真は、順子さん!? ……でも十年以上前の写真なのに、ちっとも老けていない。むしろ、今の方が若いくらいだ」

「秘宝館の媚薬を飲むと、老けないのよ」

順子が、妖艶に微笑んだ。

媚薬がそんなに効くだろうか?

他人のそら似か?

この女の素性は何も知らないが、ひょっとして……。

脳裏を過った一つのスリリングな可能性について、翔太が確かめた。

「貴女は、『甘吉』の社長、小俣栄吉と、どういう関係がありますか?」

まさか、栄吉の母親か?

「フッ……私の本名は松川《まつかわ》順子。小俣家の人間じゃないわ」

含みのある言い方だ。

名字が違うだけでは、あかの他人とは言いがたい。

順子の情報をさぐる必要がある。

「こんな私に興味を持ってくださるなんてうれしいわ」

順子の、ねっとりとした視線が熱い吐息とともにまとわりついてきた。細い腕をするりと翔太の背中に回すと、豊満な肉体を押しつけ抱きついてきた。

「私の秘密、知りたい？」

翔太も、順子の体を優しく抱き寄せた。

「ええ。ぜひ」

「だったら貴方の全てをちょうだい……元気な男ともう何年も合体してないのよ、今日を逃したら気がおかしくなっちゃうわ」

深紅にぬられた唇を、翔太の口に重ねると。ぽってりとした唇の感触が心地良い。生温かい舌がねじ込まれ、翔太の舌にゆるやかに絡めてくる。

「はぁぁ」

順子が、目を細め、粘っこい接吻に陶酔しきった顔を見せた。

翔太の腰から、女の腕がすべり下り、男の尻肉をす〜っと指の先でかき抱いてきた。ざわっとした刺激が背筋に走った。

男の性感帯を知り尽くしている女性だ。翔太の股間のモノがむくむくと滾《たぎ》ってきた。

順子のしなやかな指が、ズボンの上から肉棒の位置を探り当てた。

「うっ……」

「まぁ、もうこんなに……だめよ、早くいっちゃ。若い男根は逞しいけどせっかちなのが玉に瑕《きず》よね」

真っ赤なネイルが、くにゅくにゅとイソギンチャクの触手のごとくに揉み弄《いら》う。ピクリ、と翔太のモノが跳ね上がると、順子の潤んだ瞳が妖しく光った。

「先に果てちゃったりしたら、承知しないわよ。私を満足させてくれなきゃ」

情報を得るために、謎めいた秘宝館の女主人を満足させなければ！

だが、熟女の濃厚なフェロモンと、手練手管に圧倒されっぱなしだ。順子がしゅるっ、と翔太のベルトを抜き取り、ズボンを下げると、いきなり屈み込んでブリーフを下ろした。

翔太の猛ったモノが勢いよく飛び出した。

「まっ、なんてつやつやした男根なのかしら。まるでサーモンマリネのようだわ」

ぷりっと包皮が剝けた亀頭は、先走りの汁に被われてぬらぬらと光っている。順子の湿った鼻息が亀頭に吹きかかる。

順子が、唾液をドロリと亀頭に垂らす。唇を大きく開け、ぱくっと先端を口に含んだ。

そのまま、一気に喉の奥までうぐうぐと呑み込んだ。肉棒が、生温かい感触に包み込まれた。

順子のふっくらした唇で、根元をソフトに締め上げられると、ぬめった舌が唾液をなでつけながら、亀頭から裏筋をいたぶるようにうごめく。肉棒の芯が、びりびりとしびれる。

たまらず腰を浮かせて呻く翔太を、上目遣いで眺めながら順子が頬をすぼめた顔を上下に激しく動かす。唇を、キュッと締めては緩め、舌先で舐めあげてはまた激しくしごき立てる。淫猥な強弱に、翔太は神経が炙《あぶ》られるような快感を覚えた。海綿体がひときわ膨張してきた。

この調子で責められては、順子のテクニックに果ててしまう。

ちゅぶちゅぶと卑猥な音を立てながら、唾液と先走りの汁でテラテラと光った肉棒が、女の口の中を出入りする。順子の目がうっとりとしてきた。

「ああっ、若い男根って素敵。舐めるだけ興奮して来ちゃった」

屈んでいる順子の、ボディコンドレスの胸元から、豊かな胸の膨らみと谷間が見える。なんて柔らかそうな乳房だ。

「見ちゃいやぁ。なんちゃって」

立ち上がった順子が、そのまま手を交差させ、すぱっとボディコンドレスをまくり上げて脱ぎ捨てた。

肉感的で丸みを帯びた美人ママのナイスバディーが露わになった。

黒いレースのブラジャーに包まれた双の巨乳が目に飛び込んできた。同じく黒のショーツが、むっちりとした太腿の白さをいっそう引き立てている。

丸い尻はむっちりと張りだしているが、腰は抉れるようにくびれている。男の情欲をかきたてる妖艶きわまりないグラマーだ。

「タンタカタンタンタンタンタン……ちょっとだけよ」

軽快なリズムを口ずさみながら、ブラジャーを外し、ぽーんと天井高く投げ飛ばす。

ぷるんと、重たく実ったお椀型の豊満な乳房が露わになった。

まるでストリッパーのような脱ぎっぷりだ。

やはりあの熟女のエロ写真は順子なのか。

だが、スキンオイルを塗ったばかりのようなみずみずしい肌と、張りのある、上向いた若々しい乳房を見て、翔太は確信した。

栄吉の母であるはずはない。

「お兄さんたら、突っ立ってないで、こっちおいで。突っ立ってイイのはおちんちんだけよ。ほらほら愛撫してよ」

順子が翔太の手を握ると、大きく弾み揺らいだ砲弾状の乳房にあてがった。下からやんわりと揉み上げてみる。まるでつきたてのお餅のように乳肉に指がめり込んでいく。

野太い指で、乳首をも揉み転がされると、順子はたまらずのけ反った。

「あぁぁ……」

唇を震わせ、上擦った声を漏らしつつも、翔太の股間に指を伸ばし、フェラチオの唾液が乾かぬ湿った亀頭を柔らかい指でくにゅくにゅと揉み弄ぶ。長い爪の先で敏感なシワ袋までも掻き撫でられ、翔太はううっと喘いで腰を引いた。

このまま熟女の手技で責められていたら、早々に果ててしまいそうだ。

「ダメよ、逃げちゃ」

「す、すみません……気持ちよすぎて、つい」

ならばと翔太は、順子の背中に腕を回し、しっとりと汗ばんでいた肩胛骨の間から、ヒップにかけてのなめらかな背筋を、指の腹です〜っ、す〜っと二度三度、擦り下げた。得意の性感マッサージだ。

「うっ、くっ」

順子が、顎をびくんとしゃくり上げ、急激な快感に苦悶の表情を浮かべた。

「ずいぶんツボを知った触り方ね……素朴なフリをしちゃって、さんざん女を泣かせているでしょ……ひゃっ」

この機に乗じて翔太が、すっと身を屈めながら、順子の張り出したヒップから黒いレースのショーツをズリ下ろした。

黒々とした野性的な恥毛がぬめ白い裸体の中央部に繁っていた。

片方の脚をひょいと自分の肩に載せて股を少し開かせると、そのまま秘部に顔を近づけた。むっとするほどの甘酸っぱい匂いが漂ってきた。

剝き出しになった肉厚の秘唇は、つやのある赤銅色だ。その上部に頭をのぞかせたクリトリスに、翔太が舌を伸ばしてねっとりと舐め上げた。

「あ、ああっ、そこ」

尖らせた舌を丹念に動かすうちに、クリトリスはぷっくりと膨らみ、割れ目の奥から粘った淫汁が染みだしてくる。順子の甘美に痺れた声が聞こえてきた。

翔太は舌を大きく伸ばし、秘唇の内側へと潜り込ませた。濃厚な甘酸っぱさが、翔太の舌の神経を刺激した。潤んだ奥の襞を丹念に舐める。肉襞がひくひくと震え、愛液がとめどなく流れてきた。

「い、いやぁぁぁ」

恥じらいの声を上げながらも、発情した順子は腰を震わせ潤んだ秘唇を翔太の顔にグリグリと擦りつける。ぬちゃっという卑猥な水音が鳴るほど湧き出る淫汁で、翔太の顔がびしょびしょだ。

「来てぇ」

順子は上ずった声でそう言うと、秘宝館の象徴とも言える男根像を壁代わりに両手を突き、むっちりと張ったヒップをクイッと突き出した。

「ご立派な男根に、後ろから突かれるのが夢なの！　立ちバックしてぇ。スタンド・アップ」

「は、はい」

あわよくば、クンニでイカせられないだろうかと思っていたが、そう甘くはなかった。立ちバックなる刺激的な体位は初めてだし、興奮のあまり、いってしまいそうだ。

「ねぇ、早く」

順子が、我慢しきれずに、後ろ手を伸ばして猛った肉棒をおねだりするように触った。まるで熟れ桃のような量感たっぷりの双の尻肉の間に、猛った肉棒を押し当てる。弾力のある尻肉に亀頭が触れただけで、ビクンと、竿が嘶いた。

なんて凄い迫力あるヒップなんだ。

翔太は覚悟を決め、力の入った指で白い尻肉を割り開き、腰を送り込んだ。硬く漲った肉棒は、あてがうだけでスルリと秘唇に呑み込まれた。そのまま根元まで一気に突き刺すと、腰を摑んで激しく前後に揺さぶった。

「あああぁっ」

猛り狂った肉棒の先端が、生温かい蜜壺の襞をぐいぐいと押し開いていく。粘液でぬめ返る秘唇に、濡れ光った肉棒が出し入れされるたびに、ぐちゅぐちゅと卑猥な音が鳴る。

「んっ、あっ！」

熟れきったヒップを、くいっと突き出した順子が、剝き出しの秘唇をひくひくさせながら、肉棒を締めつけてくる。

「あ、ああっ、もっと突いて」

黒光りする翔太のモノが、ずぶりずぶりとざわめく淫裂を貫き、奥の壁を乱打する。結合部分は、湧き出る蜜液が掻き回され泡で白んでいる。

激しい翔太の突きに、順子は髪を振り乱して身悶え、甲高い嬌声を秘宝館内に迸《ほとばし》らせている。

脂《あぶら》がのった尻肉をパンパンパンと、男の腿が叩く。肉と肉がぶつかり合う生々しい音が響き渡る。

肉棒で獰猛《どうもう》に突き上げられるたびに、順子は背中をのけ反らせ、乳房がたぷたぷと乱れ舞うほど身悶えを続ける。秘宝館にはしたない嬌声がこだまする。

「はぁっ、はぁっ」

猛り狂った肉の傘が、ざわめく雌の襞を抉り、順子の自我を忘れさせた。

「ぎゅっと、乱暴にしてぇ」

順子が、大振りのヒップを自ら振りたくる。さらに翔太の両手を、ゆさゆさと揺れ弾む乳房に導いた。握力の強いマッサージ師の指が、順子の乳房をわしづかみ、荒々しく揉みつぶす。

「ひ、ひうっ」

痙攣の波が、膣と乳房を襲い、順子は男根像を掻きむしって悲鳴を上げた。

「い、いく……」

順子が、腰をがくがくさせ、汗だくの裸身を、引きつらせて強張った。

柔らかな双の尻肉が、ぎゅっと内側に締まると、肉棒を根元まで差し込んでいた翔太は、シワ袋まで刺激された。

くくっ……もうダメだ。

陰嚢の奥がカッと熱くなったとたん、堪えきれずに、翔太は低く呻いて精を放った。

男根像は、秘めごとの最中にずっとしがみついていた順子の汗で、いかがわしく濡れ光っていた。

濃厚なセックスが終わったのち、順子が真実を語り始めた。

「写真のモデルは、私の母の妹。旧姓、松川早苗《さなえ》。……小俣早苗よ」

と、いうことは……。

「栄吉が八歳のときに病気で亡くなった、栄吉の母よ」

なんてことだ！

「順子さん、この話を僕の知り合い二人にも、聞かせてあげてくれませんか」

「まぁ、貴方のような、ナイスガイのお客さんを紹介して下さるってことね。どんな方？」

涼やかな笑みを浮かべた順子に、翔太が真顔で言った。

「栄吉君と仲間だった、二人です」

翔太は、すぐに海斗と輝也に連絡を取った。

海斗は、ほとぼりが冷めるまで麻美とは会わず、旭北町の親戚の家に転がり込んでいた。輝也もすでに旭北町に着いている。

「どうしても三人で聞きたい、大切な話がある。栄吉が、海斗と輝也を個人的に恨んでいた理由が分かったんだ」

そう伝えて『スナック　じゅんこ』に呼び出すと、海斗と輝也の二人は小一時間もかからないうちにそれぞれやって来てくれた。

先に到着した輝也は、出稼ぎ労働での激務のせいか、頬がこけるほど痩せていた。わずかな間でも、人間は環境と精神状態でこうも変わるのだろう。

少し遅れて到着した海斗と電話では話した輝也だが、会うのは久しぶりだったらしく、マグロ漁船での生活で真っ黒に日焼けし、無精ひげをはやした姿を見て、

「海斗！　……ヒグマかと思った」

「バカヤロ。てめえが『旭北電子』をつぶして経済破綻させたからだろ」

「言いがかりはよせ。建設不況が始まったのはずっと前だ。お前がしっかりしていれば、『郷田組』は倒産せずに済んだはずだ」

「まぁまぁお兄様方、積もる話もおありでしょう。手狭な店ですが奥の席へどうぞ、さ、どうぞ」

順子の手慣れた客扱いによって、久しぶりに顔を合わせた、エースと、勝負強い外野手と、まとめ役のキャッチャーの三人は、チームのいじられ役だった俊足好打のトップバッターが、何に心を傷つけられたかを、聞くこととなった。

「翔太さんから、この写真のモデルの女性は誰なのか、お尋ねがありまして……」

そう言って順子が、例の熟女ヌードのブロマイド写真を、テーブルに出す。

食い入って見る海斗に、翔太は輝也が家から持ってきてくれた高校時代のノートを見せた。

「海斗がいたずらして輝也のノートに張った写真だ。春合宿の最終日に裏山で俺たちが拾ったアダルトグッズの中に入っていた……海斗、これを見て、自分が何をしたか覚えているか？」

写真を凝視していた海斗が、想い出したように二度三度頷いた。

「せんずりのネタにしたと思うぜ」

「輝也の記憶によれば『好きモノ顔の熟女はたまらねえ』とも言ったそうだ」

「だって色っぽいじゃねえか。それがどうした？　栄吉とどんな関係があるんだ」

「俺は、失礼ながら、ババアと言ってしまいました……」

モデルが誰か、うすうす察している輝也が、神妙にそう答えた。

翔太が、目で順子に促した。

「写真のモデルは、小俣栄吉君の、母親です」

海斗が目を見開いて驚いた。

「嘘だろ!?」

「いいえ、本当です。私の母の妹、旧姓、松川早苗。栄吉が八歳のときに病気で死んだ母、小俣早苗です」

享年四十八。

写真は、栄吉の父と結婚する少し前までストリッパーとして札幌で働いていたときに、北海道のアダルトグッズ業者から依頼されモデルになったものだった。

栄吉が十歳で札幌から引っ越してきたときには、すでに父子家庭。よって、小学生のときから知っていた翔太や、海斗、輝也も早苗の顔を知らなかったのだ。

多感な年頃に栄吉は、母の写真を、輝也には「ババアじゃん」と中傷され、海斗には「好きモノ顔の熟女はたまらねえ」と言われオナニーのネタにされたのだ。二人に深い恨みを抱いても無理はない。

「知らなかった……何も」

神妙な顔で、輝也がそう言うと、海斗は顔を強ばらせて絶句した。

順子によれば、札幌の製パン会社に勤めていた定吉が、故郷の旭北町に戻って和菓子屋『甘吉』を開いたのも、きっかけは、お菓子作りが好きな妻・早苗の影響だった。

「それも知らず、俺たちはずいぶん、栄吉と『甘吉』のことをからかってしまった……」

真顔で海斗が言葉を続けた。

「弁当に、おはぎやうぐいす餅が入っていると、コイツ、弁当にお菓子を隠してやがる！ずるいぞ！　と、食べてしまったり」

甘過ぎっ！　まずい、なんて無神経な言葉も、子供だから平気で口にしてしまっていたのだ。

神妙に輝也が言う。

「栄吉にとっては、お菓子を作ってくれた母の面影と想い出を踏みにじられたも同然だったんだ……」

「あれは、叔母《おば》が死んで、栄吉が旭北町に引っ越してから最初の夏休みのことだったかしら」

順子が想い出すように話し始めた。

栄吉が、母の故郷でもある札幌の順子の家に遊びにきたとき、どことなく母に顔が似ている順子の母を見るなり十歳の栄吉は抱きついて、

「母さん、母さん、どうして死んじゃったんだ」

と泣きじゃくった。

心ない親戚から、母が元ストリッパーだったことは聞かされていた栄吉だったが、母への想いは変わらなかった。

「でもそんな栄吉が、目に見えて逞しくなっていったのは、小学校の高学年になって、野球部に入ってからね」

伴侶を喪《うしな》って気落ちしていた父の定吉も、はつらつとした表情で白球を追う息子の姿に目を細め、試合の度にグラウンドへ足を運び、生きる糧《かて》にしていた。

順子が三人の顔を一人一人見つめた。

「貴方が、輝也さんね……私の実家に遊びに来ていたときに栄吉からよく話に聞いていたわ。ボク、今日は練習でウチのエースの球を打てた、輝也の球を打てればどんなピッチャーの球でも打つ自信がつくって」

「そうでしたか……」

輝也が神妙な顔で、頭を下げた。

「翔太君の名前も良く聞いていたわ……しょっちゅう栄吉の家に遊びに来てくれていたのよね」

「いやぁ、行くと定吉おじさんが、必ずお菓子をくれたしね」

そう言って翔太は照れくさそうに頭をかいた。

眉間にしわを寄せ、ずっと腕組みをしていた海斗に、順子が聞いた。

「先輩にいじめられたときに、学年の番長が助けてくれたって栄吉が話していたけど、貴方のことかしら?」

翔太が代わって、そうですと言うと、海斗は顔を上げた。

「あいつ、そんなこと話していたのか?」

「ワルの友達がいることってね、年頃の男の子にとってはわりかし自慢なのよ。あらやだ、どうして女の私が男心に詳しいのかしら」

順子が、ウィンクをしたのち、一呼吸置いて三人を見つめた。

「野球部の仲間は、あの子にとって宝物だったはず……でも、あるときを境に、一切口にしなくなったわ」

それが、高校三年の春合宿だった。

「何があったのかは、従姉《いとこ》の私も当時は知らなかったけど……栄吉、ずいぶんショックだったはずだわ。貴方たちにしてみればもちろん悪気はなかったでしょうけれど……」

海斗も、輝也も、罪の意識にさいなまれ、暫く沈黙が続いた。

やがて輝也が口を開いた。

「言い訳はもうしません。俺は、どれだけ栄吉を傷つけてしまったんだ」

海斗が、ようやく再度顔を上げた。

「謝って許してくれるなら、土下座でもなんでもする」

と言う海斗に輝也が、

「簡単に俺のことは許してはくれないだろう。路頭に迷った従業員を雇ってくれたのは栄吉の方で、俺は栄吉に何もしてあげてない……」

だが、逡巡《しゅんじゅん》していても、物事は先に進まない。

翔太は、ぽ～ん、と小気味よく手を打った。

「まずは栄吉に謝ってみようよ。ほら、試合で相手の打者にボールをぶつけてしまったときだって、たとえ狙ったわけでもなく投げ損じだとしても、必ず帽子を取って謝ったじゃないか」

翔太が、力強く言葉を続けた。

「栄吉、他の従業員、みんなで協力しあえれば、自ずと、『郷田組』、『旭北電子』の復活もあり得るんだから」

そう言って、翔太は輝也と海斗のごつい拳に、グータッチをした。

劣勢の試合中、起死回生の逆転を期して円陣を解くときの儀式だ。

「お前のそのリード、信じて良いんだな？」

輝也の問いに翔太が頷いた。

「根回しは、僕に任せてくれ」

「勝算はあるのか？」

海斗が真顔で聞いてきた。

実質の一夫多妻制を『甘吉』の社則として公に導入した以上、そう簡単に麻美や沙織を手放すかどうかは分からない。

それでも翔太には希望的な観測が一つあった。

節子と栄吉が、けっこう仲むつまじいという情報を得ていたことだ。

元々マドンナ教師と生徒の関係だし、節子にとって、栄吉は母性本能を擽《くすぐ》るタイプらしい。

しかも少し前に沙織から得た情報によると、節子は自分は栄吉の本妻になりたいという決意を、麻美と沙織に話していたというのだ。

節子も栄吉も、戸籍上は独身だ。二人が結婚を考えるほどの関係に持って行けさえすれば、麻美、沙織を手放しやすくなるのではないか。

ミーティング、終了。

ここは僕が払う、と言って翔太が会計を済ました。順子は、秘宝館で売っているお菓子や強壮剤ドリンクなどを袋に入れて三人にお土産にくれた。

店を出るときに、順子が翔太に艶かしい視線を投げかけてきた。

「あんたも早くいい人見つけなさいね」

「いやぁ僕は昔から、ちっとももてなくて」

と頭を掻いた翔太の股間を、ツンと順子がつついた。

「大丈夫よ。とっても良いモノをお持ちですもの。女性をきっと満足させられるわ」

脳裏にまたも、野球部の部室で見てしまった、陽菜の若々しい乳房が過った。

陽菜ちゃん、どうしているかな……。

まさか、気が変わって急に札幌のセクシーパブなんぞに働きに行ってないか心配だ。陽菜が幻滅した旭北町を再生させる手がかりを、せっかく摑みかけたのだから。

翔太は、さっそく順子からお土産に貰った秘宝館のお菓子を、陽菜の実家に届けに行くことにした。

箱を見ると「大人のお菓子　すっぽんサブレ」と書かれている。すっぽんのエキスでもはいっているのだろう。美味しそうだし、栄養もありそうだ。

そういえば陽菜は帰郷したときから、化粧でごまかしていたけれど顔色が悪かった。きっと東京じゃ栄養も足りていなかったのだろう。

翔太は、スポーツトレーナー時代に良く若い選手に飲ませていた、即効性のあるビタミン剤を、お菓子箱の中に入れてあげた。

沙織と陽菜姉妹の実家は、翔太の実家から歩いて数分の距離にある。

中学二年のホワイトデーには、片思いの沙織にチョコレートを持っていったが、結局はふられてしまった甘酸っぱい想い出の場所だ。

それから暫《しばら》くは足が遠のいたけれど、やがて二歳年下の陽菜が、旭北高校の野球部にマネージャーとして入部してきてからは、ちょくちょく来るようになった。いや、来させられたのだ。

沙織とは対照的に、のんびり屋の陽菜は、朝練習の遅刻の常習犯だった。

そこで野球部のグラウンドから自転車を飛ばして、わざわざ家に起こしに来ていたっけ。

なんせ陽菜は部員にけっこう人気があったから、いるといないとでは微妙にモチベーションに違いが生じるのだ。

旭北ファイトだよ〜！

クリッとした瞳を輝かせ、健康美あふれるトランジスターグラマーの胸を弾ませて、時には練習中にも得意のチアガールの踊りで球児たちを鼓舞してくれるのだ。

そして、陽菜の家に着くやいなや、二階にある彼女の部屋に小石を投げるのだ。

「こら、マネージャーが朝寝坊してどうするんだ！」と一喝したことを昨日のことのように想い出した。

あまりに何度も遅刻するので、途中からは、窓ガラスにぶつけても絶対に割れない軟式テニスのボールを、野球部の部室にキープするようになった。

木造二階建てのこぢんまりとした家の二階に、当時と変わらず陽菜の部屋はあった。電気が付いているし、まだ夜の九時だから起きているだろうとは思ったが、携帯電話にかけても出ない。

まったくしょうがないなあ。

翔太は、近所のコンビニに行き、わざわざ買ったふわふわの子供用ボールを、陽菜の部屋の窓ガラスにぽーんとぶつけた。

しばらくすると、高校時代と同じような寝ぼけた顔で、陽菜が窓から顔を出した。

「ふぁ〜、あれぇ翔太さん……」

「起こしてごめん。電気も付けっ放しでずいぶん早いおねんねだな」

「やることないし、昔読んでいた漫画も捨てられていたから、しかたなく本棚にあった英語の教科書をパラパラ見てたの。そしたらあっという間に眠くなった。あははは」

なんて可愛らしい笑顔だ。鼠色《ねずみいろ》のジャージも、当時からの部屋着で、袖の辺りがかなりよれている。

「お土産持ってきたぞ。そら！」

翔太が「すっぽんサブレ」を二階の陽菜に向かって投げ渡す。

まずは元気で一安心だ。

「じゃっ、また」

「ありがと……え、翔太さん、わざわざこれを私にくれるために来てくれたの？」

「う、うん、まぁな。陽菜ちゃんって甘いものが好きだっただろ……スコアブックや練習日誌に必ずスナック菓子のくずがはさまっていたし」

「やだ〜、翔太さんたら、私のそんなところまで見ていたのね」

陽菜が頬を赤らめた。

考えてみれば、数ヶ月ではあったが、陽菜とは毎日顔を合わせていた。きれい好きで、アンダーシャツやタオルの洗濯は毎日してくれるが、でも少しがさつなところがあり、部室の掃除は四角いところを丸く掃くタイプだ。合宿中には全員分のおにぎりを作ってもらったことがあったっけ。けっこう美味しかったな。意外に健気な奥さんになるんじゃなかろうか。

あれ……何を考えているんだろ。

「あがっていかない？」

「え……陽菜ちゃんの家に？」

「今夜はね、親が親戚の家に泊まりに行っていないんだ……なんか寂しくて」

陽菜が、窓辺に頬杖をつき、トロンとした眼差しでこちらを見ている。

眠いのか、それとも……誘っているのか？

「こ、今度、明るいときに来るよ。じゃ」

今の翔太に、自分の幸せを考える余裕はまだなかった。

仲間と郷土のために、奔走した。

第六章　翔太《しょうた》の恋

翌日の夕方、翔太は『スイート・ハッピー・ハウス』のペントハウスに栄吉を訪ねた。和解に向けた、事前の根回しのためである。

翔太は、従妹の順子から、母と定吉、栄吉親子の事情を聞き、高校三年の春合宿で、自分たちがどれだけ栄吉の心を傷つけたかを初めて知ったことを話した。

「栄吉、きみの辛さ、悔しさを、あのとき、何も気づいてやれなくて、本当にすまなかった」

「よせ、翔太が謝る必要はねえ。お前は、町のことを考えて一生懸命やってくれている……会社をつぶしちまった、傲慢土建屋とすかしたＩＴ成金とはワケが違うんだ！……」

栄吉が、深いため息をついた。

「あの二人もきみの母親のことは何も知らなかった、悪気はなかったんだよ」

「バカ、そんなことだけで、怒ってるんじゃねえやい」

そう言って遠くを見た栄吉の横顔は、子供の頃にいじけたときのままだった。かんしゃく持ちで、誰よりも寂しがり屋だった。

もはや理屈じゃない。会って気持ちを通わせるしかあるまい。

「輝也と海斗が、お前に会って真摯《しんし》に謝りたいと言っている。祭りの前にでも、四人で一席設けないか？」

栄吉はしばらく目をつむって考えたのち、

「で……翔太は、俺にどうして欲しいんだ？」

「麻美と沙織を、海斗、輝也のもとに帰してあげて欲しい。町の復興に、二人の存在は欠かせない」

一夫多妻制度は、あくまで生活保護者を税金以外の力で養う苦肉の策だ。町の経済を活性化させる収入源が、『甘吉』だけで良いはずがないことは、栄吉も分かっているはずだ、と翔太は力説した。

「栄吉は今、エースで四番でキャプテンをやらされている。いくらお前でも一人じゃ無理だ。もう一度、四人で円陣を組もうじゃないか」

栄吉は、グラスのワインを一気に空けると、翔太を見つめていった。

「わかった。麻美は、海斗のもとに返す」

「本当だな」

「だが沙織の方は、簡単には帰せねえ。ウチの『甘吉』は、輝也の会社の失業者を雇い、負債の大半を肩代わりしているんだ！　沙織を帰したは良いが、それに満足して返済する気を輝也になくされちゃ」

「輝也はそんな奴じゃない。少しは仲間を信用してくれ」

「……考えさせてくれ」

栄吉にそう言われ、翔太は家に戻った。

疲れがたまっていたが、次の日は朝から数件の出張マッサージの仕事が入っていたので、順子がくれた強壮剤ドリンクを手に取った。

得体の知れない強壮剤ならやめておこうと思ったが、「エゾウコギ」というスポーツ選手や宇宙飛行士も愛用している薬用植物が主成分だったので飲んでみた。高麗人参と同じ種類のウコギ科の植物で、滋養強壮と、ストレス解消に効くらしい。

次の日、出張マッサージの仕事を終え、昼時に家に戻ってきた頃、栄吉から電話が掛かってきた。

「沙織の代わりに、妹の陽菜を嫁にもらう。それならＯＫだ！　沙織を輝也のもとに帰してやる」

「なに⁉」

「じつは陽菜が、沙織の代わりに、俺の嫁になっても良いと言っているんだ」

「陽菜ちゃんが⁉　……う、うそだろ」

陽菜が昨晩、高校時代の恩師でもある節子のもとへ相談に行き、彼女からそう言ったというのだ。

「『誰かが犠牲になって稼がないと、老いた親の面倒は見られない。札幌に行ってセクシーパブで働くか、栄吉の嫁になって、毎晩しっかり〔妻〕のお務めをしちゃうか』って真顔で言っていたぜ」

「ふざけるな！」

「俺は陽菜でも構わねえ。だってイイ体してるじゃん。あの子のチアガール姿思い出して、高校のときオナニーしちゃったもんなぁ」

翔太は気がつけば、電話を切って駐車場へ向かい、陽菜のもとへ車を走らせていた。

陽菜が、栄吉の嫁になる？

栄吉に抱かれる？　冗談じゃない。

陽菜は、ヤケになっているのだろうか？

頭に、血がかっと上り、動悸が高まる。

怒り、屈辱、焦り。

翔太がこれまで抱いたことのないような感情だった。

これが嫉妬というモノなのか。

妻を奪われた海斗、輝也の苦しみは想像を絶する！

一刻も早く、陽菜の真意を確かめたい！

翔太は、車を走らせながら陽菜の携帯に電話したが出なかった。

いったいどこで何をしているんだ！

翔太は陽菜の実家へ向かう途中、実家の近くにある河川敷の芝生で、ぽつんと座っている陽菜を見つけた。

車から降りて翔太は駆け寄りながら叫んだ。

「陽菜ちゃん！」

聞こえているはずだが、陽菜は振り向きもしない。

まだ、悩んでいるのだろうか。

スカート丈がかなり短い、ニットのボディコン・ワンピースという陽菜の派手な服装が気になった。胸元の襟ぐりからは、小柄な体には不釣り合いなほどの豊満な乳房が顔をのぞかせている。

トランジスターグラマーな肢体を存分に引き立たせている。

まさか、このまま札幌のセクシーパブに働きに行く気じゃないだろうな。

「陽菜ちゃん、こんな所でそんな格好して、何をしているんだよ」

「どんなかっこうしたって良いじゃん！　翔太さんになんか関係ないでしょ！」

陽菜が座ったまままそっぽを向いた。

「栄吉から聞いたぞ。沙織ちゃんの代わりに栄吉の嫁になるか、セクシーパブで働くしかないって……本気なのか!?」

陽菜は答えない。

翔太は、隣に腰を下ろし、陽菜の横顔を見つめた。

「どうして君はそんなに自分を粗末にするんだ！」

陽菜は、口を閉ざしたまま、翔太の目をチラッと見た。

「もっと周りに甘えろ。わがままになって、好きなことをやったら良い。ダンスだって、あんなに好きで一生懸命踊ってたじゃないか。認めてくれる人がいるかもしれない」

「無理よ、私一人でもがいたって……それに、甘えろって言われたってこんな状況で誰に……」

かっと熱い血潮の塊が、内臓からこみ上げてくるのを、翔太は感じた。

何かのエネルギーに後押しされるかのように、陽菜を見据えた。

「僕がここにいるじゃないか！　僕が陽菜ちゃんを応援する」

「応援って？　……ぽんぽん持って踊ってくれるの？」

「バカ、僕が頑張って稼ぐ。だから陽菜ちゃんは好きなことしろ」

「それって……」

「結婚してくれ」

陽菜をぎゅっと抱きしめた。

「ほんとに？」

「だからセクシーパブになんか行くな。栄吉の嫁になんかなるな！　僕が一生面倒見る」

「じゃ、翔太さん。しよう」

「結婚、してくれるんだね!?」

「したい！」

陽菜は満面の笑みで翔太に抱きついてきた。

高校時代よりますます大きくなった巨乳を押しつけられ、胸がどきどきしてきた。

「陽菜ちゃん、したい！　って結婚のこと……う、うぐぐ」

言いかけた翔太の口を、陽菜のグロスで彩られたピンクの唇がふさいだ。

グラマラスな体を擦り付けながら、陽菜の方から生温かい舌をぬるりと差し入れディープキスを仕掛けてきた。グロスが剝がれ落ちるのも気にせず、ぬめった舌が口の中でまるで蛇のように乱れ舞う。糸を引くほどの唾液が、どくどくと送り込まれてきた。

あどけなさが残る顔に似合わぬほどくねくねと踊る舌の蠢きに、男の情欲が目覚める。若さ溢れる汗とフェロモンが混じった甘酸《あまず》っぱい匂いが鼻腔を刺激した。

だが、ここは一応、確認しておかなければ。

「したい！　って、結婚のことだよね？　まさかセックスのこと？」

「どっちも！」

陽菜が、翔太の頬に二度三度、ちゅっちゅっとキスをした。

かくして、翔太のプロポーズは受理された。いくぶん披露宴では披露しにくいプロポーズのやりとりではあるが……。

「……翔太さんといると、安心する」

陽菜は、翔太の胸に顔を埋め、目を細めて微笑むと、数日前に旭北町に帰郷し、一夫多妻制度をめぐる憎しみ合いを目《ま》の当たりにしたときのことを語った。

「寂しくて帰ってきたのに、みんな殴り合ってるし……悲しくて悔しくてバスに飛び乗ったんだ。もう絶対、この町に戻ってこないって」

そう思って最後に振り返ると、後部座席の車窓に、叫びながら走ってくる翔太の姿が目に飛び込んできた。

「こんな私を、追いかけてきてくれる人がいるんだぁって。凄く嬉しかった」

そしてバスから降りるなり、翔太の胸をぽかぽか殴りながら陽菜はボロボロと泣いていた。

本当は嬉しくて泣いたのだった。

「あのとき、翔太さんのお嫁さんになってもいいかな、って思ったの」

そうだったのか！

諦めずに、バスを追いかけて本当に良かった。

「なのに、沙織ちゃんの代わりに栄吉の嫁になっても良いって、思ったわけ？」

「あれはね……栄吉と節子先生と考えた真っ赤な嘘よ」

「嘘？」

陽菜がぺろりと舌を出した。

帰郷以来、優しさと気配りで自分を誰より心配してくれる翔太に好意を持っていた！

そのことを恩師でもある節子に、栄吉もいる前で相談したのだ。

「翔太さんたら、部屋に誘ったのに、あがってくれなかったし。私のこと愛してくれてないのかなぁ、って私、自信なくしかけちゃったって」

そのとき、栄吉は陽菜に言ったと言う。

翔太ほど、自分のことを後回しに、仲間のことを真剣に考えている奴はいない。犠牲バントばっかり打っている男に、最後は一発ホームランをかっ飛ばして、幸せになって貰いたい！　と。

そこで、恋愛には奥手な翔太の背中を後押ししようと、あえて嘘をついたのだ。

町の財政を担う栄吉の立場からも、生活力のある翔太が、無職の陽菜を養うことに何ら異論はなかった。

野球部の捕手と、マネージャーのカップルがここに誕生した。

「あれ？　陽菜ちゃん、服にタグが付いているよ」

「やだもう、恥ずかしい」

翔太が、ワンピースの腰の部分に付いていたタグを取ってあげると、陽菜は顔を赤らめた。

わざわざこんなセクシーなボディコンの服を買って、近所の河川敷に座っていたのも、翔太にあらぬ心配をしてもらおうというポーズだったのかもしれない。ま、それを聞くのは野暮なので、やめておいた。

陽菜は、翔太の厚い胸板にもたれかかるように顔を埋めた。

「絶対に浮気しちゃダメよ。風俗もダメ。私、こう見えてすごく一途なんだ」

「僕だって一途さ」

陽菜の背中に手を回し、ぎゅっと抱き寄せた。ボディコンワンピースの背中は、ざっくりと開いて露出度は高く、すべすべの肌が露わになっている。

「ヤキモチを焼いちゃうのはきっと僕の方さ。陽菜ちゃんは可愛いし、いろんな男が言い寄ってきそうだからな」

「心配しないで。私、こう見えて身持ちは堅いのよ。ぜんぜん淫乱じゃなく……」

背中に回した翔太の手が、肩胛骨からうなじにかけてのすべすべした地肌を、指の腹ですぅ～っと絶妙なフェザータッチで掻き撫でた。

陽菜が顎をしゃくり上げて身悶えた。

「……背中が、ぞくぞくする」

陽菜が豊かな胸を、すりすりと翔太の体に擦りつけてきた。ワンピース越しに、日焼けした柔らかな乳肉がひしゃげて、襟元から溢れんばかりだ。

「なんだか、体がじんじんしてきちゃった」

陽菜がとろんとした目になり、艶かしい吐息を漏らした。

「陽菜ちゃんってずいぶん淫乱、じゃなくて敏感なんだね」

「して、翔太さん。今ここでして」

「こんな所じゃ、人に見られちゃうよ」

「へいき。人なんか誰もいないわ。うわ〜、田舎って最高。どこでもエッチができるのね。それっ、全裸なう！」

陽菜がワンピースとショーツをぽんぽんと脱ぎ捨てる。なんと、ノーブラだった。

大胆に迫り上がった小麦色の乳房が、ぷるんと弾み揺らいだ。脂肪と量感に満ち溢れながらも、乳房は少しも垂れることなく、赤茶色の乳首は見事に上を向いている。

大事な部分を覆った黒々とした恥毛が、淫靡な生々しさをかもし出している。全体的に丸みを帯びた体型だが、見事なまでにウエストはくびれ、張りつめたお尻にかけてのラインが悩ましい。

トランジスターグラマーの肉体が、目に飛び込んできた。

どうして水着の跡もなく全身日焼けしているのだ？

「きれいに焼けているね陽菜ちゃん、全裸で日光浴したの？」

「あははは。日焼けサロンよ！　未来のお婿さんに褒めてもらえるなんて、一回五千円も使って焼きまくった甲斐があったわ。さぁ赤ちゃんを一緒に作りましょうね。おっぱいちゃん、パパでちゅよ」

うぐぐ。

陽菜が、翔太の顔をぎゅっと胸元に抱き寄せた。

ふわっとした乳肉の柔らかな感触が、頬を包み込んでくれる。甘ったるいジャコウ系の香水と汗の入り交じった匂いが、翔太の鼻腔を刺激した。

翔太が、乳房にそっと手をあてがい、下からじんわりと揉みあげた。柔らかくも弾力に満ちた乳房の張りが、翔太の指を押し返す。片手で、乳房をすくい上げながら、反対側の乳首を、舌の先でチロチロと舐め転がすうちに、赤茶色の乳首がたちまち硬く尖ってきた。

「うっ、くっ」

陽菜の押し殺そうとした喘ぎが、アヒル口から漏れた。

大胆なところがあるわりに、声を上げるのは恥ずかしいのだろうか？　それとも、あんまり感じていない？

翔太は、陽菜の体をそっと芝生に横たわらせ、下腹部に手を伸ばした。むっちりとした太腿の間に手を潜り込ませ、黒い恥毛をそっと撫で上げると、ぬめぬめした感触が指に伝わった。

「いやっ、やばい……そこ……」

やばいって、痛いのか、痒いのか？

翔太は、陰毛をかき分けると、秘唇をゆったりと開いた指をそのまま割れ目の中へにゅるりと潜り込ませた。

ああっ、という熱い吐息が、陽菜の唇から漏れた。内側から溢れ出てきた蜜液が、指にねっとりとまとわり付いてくる。十二分に粘り気は感じている証拠だ。さらに翔太は指を第二関節まで入るくらい、秘唇の奥へとねじ込んでみる。

「う、くっ……！」

翔太の巧みな技で指が、女の襞をそぎ落とすように出し入れされる。秘肉が疼き、奥から湧き出る淫汁が、くちゅっくちゅっという卑猥な水音を奏《かな》でる。

「はぁあん」

汗でぬめ光った裸体がくねり、甲高い声が、ヌーディーなグロスで彩られた口から弾けた。

溜まっていた唾液が、ずずっと糸を引いて口から垂れ、乳肉にぽたりとこぼれ落ちた。

「いやっ、恥ずかしい……私、感じすぎると、よだれ出ちゃう……声も馬鹿でかいの。でも淫乱じゃないからね」

陽菜が、手で拭き取ろうとしたが、むしろ付着した唾液が乳房全体にぬめぬめと広がり妖しい光沢を放った。その淫靡さを見て、翔太の股間はむくむくと勃起してきた。

「大丈夫、淫乱だなんて思わないよ。感じてくれているのは嬉しい」

「私だけ裸なんていや！　翔太さんも脱いじゃって」

翔太が慌ててシャツを脱ぐと、陽菜がキャッと声を出す。ぞくりとする視線が、翔太の鍛え抜かれた上半身に注がれた。

「意外にたくましかったのね……まるでダンサーみたい」

おいおい、今頃気づくのか。マネージャー時代に、一度くらいは目にしていたと思うが……きっと当時は、輝也にぞっこんで、興味がなかったんだな。

「腹筋、六つに割れているし……陽菜的に好きなボディーよ」

陽菜がしなやかな指で、ワイルドに六つに割れた翔太の腹筋をゆっくりとめでるように撫でさすった。指先をもっと上へ這わせると、鍛え抜かれた胸筋をさわさわとまさぐり、男の乳首をラメ入りのネイルでこりこりとつま弾いた。

感じ入った声を翔太が漏らすと、陽菜が悪戯っぽく微笑んだ。

「旦那様、下も脱ぎましょうね」

言うが早いか陽菜の手がさっと股間に伸びてくる。ズボンのファスナーを下ろした指の先が、トランクスの膨らみに触れた。

びくん、と男のモノが反応する。

「こ、こっちはもっと意外にたくましいわ」

陽菜の瞳に求愛の光がキラキラと揺らめく。トランクスを下ろすや、ばねのように反り返った肉棒が、バチンとへそを打った。

「あはっ、これ、ちょうだい」

陽菜がいきなり身を屈めると唇を大きく開いて、張り詰めた亀頭をぱくっと口に含んだ。一気に肉棒を喉の奥まで呑み込むと、茶髪を上下に動かし出す。キュートなアヒル口をすぼめて吸い込むようにしごき立てた。

海綿体がざわつき出す。

陽菜が濡れ光った唇をいったん離し、唾液をねっとりと撫でつけた。ソフトクリームをなめるかのように、長い舌をいやらしく蠢かせ、雁首から裏筋にぺろぺろと這わせる。

「うっ……」

痺れるほどの快感が、翔太の神経をひた走った。

もはや淫乱でも淫乱じゃなくてもどうでも良い。

「陽菜ちゃん、もう我慢できない……しよう」

「合体！　ラジャー」

翔太が、腰を下ろしてズボンとトランクスを完全に脱ぐ。待ち構えていたように、オールヌードの陽菜が、ひょいと腰に跨がってきた。

まるで野球のバットのごとく硬くそそり立った肉棒を黒い茂みへと導く。ぷっくりと膨らんだサーモンピンク色の秘唇がみえる。割れ目から溢れ出る愛液で、濡れた恥毛がひんやりとした。

陽菜がためらうことなく腰を落とす。秘唇に雁首が入ると、チュプッと淫猥な水音が鳴った。

「あうっ……」

きれいに眉間にシワをよせ、陽菜が顎をのけ反らせた。

膣内の襞は温かく、ぴたりと吸い付く密着感を翔太は覚えた。肉棒がそのままずぶずぶと根元まで呑み込まれる。

プロポーズ直後の婚前交渉が、騎乗位というのも斬新だ。

先輩としてここは、自分が腰を動かしリードしなければ。

と、思った矢先、陽菜の方から豊麗な腰を前後にぐいぐいと動かしてきた。

肉棒を内側の襞に食い込ませ、まるで快感を貪るように、腰を振りたくる。秘唇にきゅっ、きゅっと断続的に締め付けられた刺激で竿全体がいっそう猛った。

「あっ、あっ、あっ、あっ」

陽菜が茶髪を振り乱して声を震わせた。小麦色の蠱惑《こわく》的な裸身を激しく律動させるたびに、柔らかな巨乳が、たぷたぷと破廉恥な音を立て、ダイナミックに揺れはずむ。激しいグラインドによって結合部分に淀んでいる粘液には、白い気泡が出来ている。

陽菜が、クリッとした瞳を吊り上げ、顔と髪を一緒に打ち振って悶える姿は淫乱きわまりない。うっとりとした表情を見せながらも、まるでヒップホップの曲に合わせるが如くリズミカルに腰を動かす。騎乗位での快感のツボを熟知しているようだ。

自分より、かなり遊んできたかもしれないが、そんな彼女の過去は気にするまい。都会で寂しい気持ちになったときは、男友達と肌を合わせたこともあるだろうし、そもそもダンサーやタレントの世界は、派手なのだから。

大事なのは過去じゃない、未来だ。

「翔太さん……あんまり気持ち良くない？」

「ど、どうして？」

「むずかしい顔をしていたから」

「気持ちよくなかったら、とっくにアソコが縮んでいるよ」

「そっか。そうだよね……は、はぁん」

未来のお嫁さんに気を使わせてはいけない。

翔太は陽菜の豊かに波打つ乳房を、下から摑むと、まん丸に勃起した赤茶色の乳首を、指で揉み転がした。

「アハッ」

陽菜が、勢いよく上半身をのけ反らせ、口に溜まっていた唾液がはしたなく吹き飛んだ。

今度は自分が汗をかく番だ。それっ、とばかりに翔太は量感たっぷりの陽菜のお尻を摑み、下から力任せに激しく腰を突き上げた。パンパンパンと、弾力ある陽菜のヒップと翔太の大腿部がぶつかる音が鳴る。

猛った肉棒が、まとわりつく女の襞を押し開き、奥深くを貫いていく。亀頭が、膣奥の壁を激しく連打すると、陽菜が甲高い声をまき散らした。

「イイッ……当たるっ！」

翔太の上で、肉感的な裸体が弾み、乳房がぶらぶらと無軌道に乱舞している。

陽菜も、翔太の抽送に合わせて、銜えこんだ肉棒をしごくように、ジョッキースタイルで腰を上下させる。二人の動きがぴたりとフィットする。

これぞ、愛の契《ちぎ》りを結んだ二人の、最初の共同作業だ。

汗でぬめ光った小麦色の陽菜の裸体が、リズミカルに躍動するにつれ、陽菜の肉襞がどよめくようなうねりを増し、翔太のモノをしごきたてる。膣の奥から湧き出る粘液は温かく、海綿体を火照らせ、肉棒の芯を戦慄《おのの》かせた。

呻いた翔太が、唇を噛みしめる。

「い、いきそう！」

「あうっ、待って、一緒に……」

陽菜が双の巨乳を激しく弾ませ、豊かな腰を淫らに揺すり立てた。まるで杭打機のごとく秘唇から出し入れされる翔太の肉棒は、雌の粘液と雄の先走りの汁にまみれテラテラと光っている。

膨張しきった亀頭が、膣の壁に乱打する。

「は、はぁぁう」

「い、いっくぅッ！」

陽菜が喜悦に叫んで、上体をぶるっと震わせた。若々しく躍動する陽菜の湿潤な肉襞が、キリキリと翔太の亀頭から根元までを絞るように蠢く。

肉棒の芯に脈動が走った。目も眩《くら》むような快感が、股間から脳天を鋭く貫き、ついに翔太は堪え性を失い、陽菜の子宮の入り口へドクドクとありったけの精を放った。

「ごめん、先にいっちゃって……」

「やだぁ、翔太さんたら、謝らないで。いっぱい私の体の中に子種を注入してくれたんですもの。十ヶ月たったら可愛い赤ちゃんが生まれるわ」

にっこりと笑ったその顔は、汗で化粧が崩れたせいか、マネージャー時代の天真爛漫な陽菜そのものだ。

子供が陽菜に似てくれたら可愛いだろうな、などとつい先のことを考えてしまったが、その前に、町を立て直さなければ、幸せな家族計画は立てられまい。

強壮剤が効いたのか、一度果てても翔太の股間はパワフルだった。

陽菜が、肉棒をチラ見した。

「私、なんだかすっぽんサブレのエキスが効いたのかしら、ムラムラしちゃう。ねえ旦那様、ダブルヘッダーしちゃおう。すぐに二回エッチしたら可愛い双子ができるかもね」

陽菜が豊満なバストを翔太の体に擦りつけ、二回戦をせがんできた。

「車に乗ろうか……人も来そうだし」

午後になり、さすがに下校時の学生が通る頃なので、翔太は陽菜と手早く服を羽織って近くに駐車していた自分の車に乗った。

するとと助手席に座った陽菜が素《す》っ頓狂《とんきょう》な声を上げた。

「きゃっ、なにこれ」

翔太が、うっかり後部座席に置きっ放しにしていた電動バイブを見つけて手にした。栄吉の叔母に当たる順子が、秘宝館のお土産として紙袋に色々とアダルトグッズを入れてくれた中の一つだった。

「ど、どうしてこんなモノが車内にあるの？」

翔太は、十年前の春合宿に裏山で見つけた「アダルトグッズ」に絡んだ一連の出来事をかいつまんで話すと陽菜が、

「私、その段ボール箱のこと、知っているわ」

「え、陽菜ちゃんが？」

野球部のマネージャー時代は輝也に憧れていた陽菜は、春合宿が終わった数日後、練習後に一人で裏山に行く輝也が気になって、後を追ったと言うのだ。

すると輝也は、土を掘って箱を出し、懐に隠し持っていたアダルトビデオのような物を中に入れてもう一度箱を埋めた。

好奇心たっぷりの陽菜は、輝也がいなくなるのを見計らって中を見た。

「そのときの、うねうね動くお人形さんと、形が似ているわ……キャッ、思い出しちゃった」

「思い出したって、まさか陽菜ちゃん、使ったの……？」

「いやん、ちょっとだけよ。だって好奇心もりもりだったんだもん」

陽菜が、ぽっと頰を赤らめ、持っていた電動バイブを後部座席にぽいと放り投げた。

なんと陽菜は、周囲に人がいないのをいいことに、草むらで電動バイブをこっそり使ってオナニーしたのだ。

「まだ高校一年だろ？　なんてはしたない……痛たたたっ」

「未来のお嫁さんに向かって、はしたないなんて失礼ョ」

陽菜に股間をぎゅっと握られてしまった。

「ごめん、ごめん。で、そのあとは陽菜ちゃん、どうしたの？」

「最初にあった場所とはまったく別の場所を掘って、そこに段ボール箱ごと隠したわ」

「どうしてそんなことをしたの？」

「決まっているでしょ。大好きだった輝也先輩が二度とエッチなビデオを見ないようによ。ふふふ、翔太さんも、これから見ちゃダメよ」

なるほど。

合宿が終わったあと、秘密の段ボール箱が、なくなっていた理由が、ようやく分かった。

「でも、どうしてあんな所に、捨て置かれていたのかしら」

「やっぱり陽菜ちゃんも、そこに疑問を持ったか」

順子は、ずさんな業者がどこかに置き忘れた箱から、金目の物だけ盗んだ者が、人目のつかない所に捨てたと推測していたが、それも可能性の一つに過ぎない。

ま、それより今は、秘密の段ボール箱をきっかけに仲違いしてしまった悪ガキ共の関係修復だ。

翔太の携帯電話に、栄吉から電話がかかってきた。

「栄吉、絶妙なアシストありがとう。おかげで犠打ばっかり打ってきた俺が最後に一発ホームラン、陽菜ちゃんを見事にゲットしたぞ」

助手席から陽菜が、グラマラスな身を乗り出して携帯電話に口を近づけた。

「翔太さんにバキューンとハートを射られて、ずこ～ん！　と子作りもしちゃったわ。みんなには内緒よ」

「おおっ、やったな翔太！　祭りの日に、みんなの前で婚約発表しちゃえ。ただでさえ最近は良いニュースがないんだ。めでたい話で、みんなを盛り上げてくれ。盆踊りの壇上で発表するんだぞ」

「照れちゃうな。けど、故郷が少しでも活気づくなら喜んで冷やかされ役になるさ」

「町が苦境に喘いでいるときだからこそ、祭りは趣向を凝らしたものにしたい。ま、そんな相談もあるし、近々輝也、海斗の話を聞こうじゃないか」

「本当か⁉ 栄吉」

「翔太が言うとおり、一夫多妻制度は、節税と生活保護者を救済する暫定措置に過ぎない。色々考えたが、町の経済を立て直すには、若い奴らに人望のある輝也と、海斗の力はやっぱり必要だと分かったんだ」

そして、いずれ沙織と麻美を、それぞれの夫、輝也、海斗のもとへ帰すつもりだと栄吉は言った。

「他の町民の手前もあるから、直ぐに妻たちを帰すわけにはいかないが、しばらくの間は、輝也も海斗も自由に自分の女房のマンションに寝泊まりしてくれて良いことにするさ」

この吉報を、早く友へ教えたい。

翔太はまず、いずれは姻戚関係となる沙織の夫、輝也の携帯に電話をして、栄吉の言葉を伝えた。

「ありがとう翔太。お前ががんばってくれたおかげだ」

「水くさいこと言うな、僕は昔のように、みんなでバカなことを話して遊びたいだけさ」

「なにより、陽菜ちゃんとの婚約、おめでとう。お前とはこれから親戚同士になるわけだな」

「まったく輝也とは縁があるよなぁ。小さい頃から、兄弟のように仲が良いと言われたものだが、まさか本物の姉妹と結婚するとは」

「陽菜を大切にしてやってくれ。陽気な今どきの女の子に見えるが、沙織からは、自分と似ていて根はかなりナイーブで傷つきやすいと聞いている」

「まかせとけって。伊達に三年間、ナイーブで傷つきやすいエース投手の〝女房役〟をつとめた僕じゃないぜ」

そして誰よりも繊細な沙織を栄吉に抱かれることなく、輝也のもとに帰すことが出来そうで、本当に良かった。

次に海斗に電話をすると、ものすごい騒音が聞こえてきた。

ガガガガ。

「海斗、何の音だ？」

ガガガガ。

やがてその騒音が、じかに聞こえてくると、翔太が駐車していた車の後方から、『郷田組』と書かれた大型クレーン車に乗った海斗が迫ってきた。

「どうしたんだ海斗？」

「どけ〜、車をどかせ！　通れないだろ」

海斗が、運転席から顔を出して翔太に怒鳴る。後ろにはさらに『郷田組』の車両が続いている。

「まさか栄吉の所へ殴り込みをかけるんじゃないだろうな。あいつは麻美さんを、ちゃんとお前のもとに帰すと言っているんだぞ〜」

「今話している暇はない、とにかくそこをどけ」

翔太がやむなく車を路肩に寄せると、海斗のクレーン車は猛スピードで走り去った。

翔太は、続いて後方から走ってきた、パワーショベルを載せた『郷田組』のトラックを強引に停めた。運転していたのは、例の運動会でも海斗に従って暴れた若い衆だが、子供の頃から知っている近所の遊び仲間だ。

「もうお前たちに勝手なことはさせないぞ！　また騒動を起こす気なら、車から降りろ」

「翔太さん、違いますって。ちゃんと話しますから道を空けてください」

「じゃ、海斗は、どこに何をしに重機に乗って急いでいるんだい？」

「エゾウコギって植物が金になるから、旭北町の外れに取りに行くんですよ」

海斗は、順子からもらった秘宝館のお土産にあったエゾウコギのエキスを見て大事なことを想い出したという。

幼い頃、土建屋の父親が、旭北町の外れに大量に自生しているエゾウコギを採ってきては煎じて飲んでいた。子供の時分には、苦みとまずさで興味なく忘れていたのだが、

「エゾウコギは大金になるから、自生場所へ行く！　と、海斗さんが仰《おつしや》ってました……」

翔太も、そんな稀少価値の高いエゾウコギが、町の外れに自生しているとは知らなかった。

大量に自生していれば、かなりの町の収入源になる。旭北町の財政破綻を救えるかもしれない。

まさか海斗め、独り占めする気か!?

「陽菜ちゃん、シートベルトをしっかりしめといて」

翔太は、車に戻ると、猛スピードで海斗を追った。

そして輝也の携帯に電話をし、事情を説明した。

「直ぐに来てくれないか輝也！　せっかく皆が仲直りできそうなのに、もし海斗が儲けを

独り占めする気なら止めないと！」

「海斗はどっちに行った？」

「河川敷から北の方向だ」

「よし、その方向なら、俺が先回りして、海斗の重機を塞いでやる！」

「頼んだぞ」

せめて栄吉に知られる前に、海斗を説得しなければ！

さらに翔太は、車を走らせた。

ようやく裏山近くの国道で、輝也の車に行く手を阻まれている海斗の重機を発見した。

何やら言い合っているので、翔太が車から降りていくと、海斗が翔太を睨んだ。

「俺が独り占めするだと⁉　見くびるんじゃねえ！」

「じゃ、どうしてさっき、ちゃんと僕に説明してくれなかったんだ」

「分かった、手短に話す。実は知り合いの漢方薬局に聞いたんだが、十年ほど前に、エゾウコギはちょっとした話題のサプリメントになったらしいんだ」

翔太も覚えていたが、エゾウコギを愛用している五輪選手が金メダルを取ったことで、滋養強壮剤やスポーツ選手の愛用ドリンクとしてもてはやされたことがあった。

「そこで強壮剤メーカーや、アダルトグッズの業者までがこぞって、この辺りの市町村を回り、自生場所を探したらしい」

海斗の話を聞いていた翔太は思った。

きっと、あの裏山に捨てられていたアダルトグッズも、業者が自生場所を探すついでに捨てたか、忘れたのかもしれない。

これでなぜ、あんな箱が捨てられていたかの疑問は解消された。

「あの裏山に、そんな稀少な薬用植物が生えているのか?」

翔太が海斗に尋ねた。

「違う。裏山じゃない。親父の話では、自生場所は原生林の多い隣町との境界線付近だ!」

「境界線!? まずいぞ。もし隣町の人間に先を越されたら大変だ!」

「だから急いでいたんだ! 俺が抜け駆けするようなちっぽけな人間に見えるか!」

「ごめんごめん、疑って悪かったよ」

翔太がすぐに車に戻り、海斗、輝也も自分の車に戻って急発進させた。

そうとなったら栄吉にも、すぐに知らせないと!

翔太が電話をすると、栄吉は、最新のスポーツカーをかっ飛ばし、あっという間に後方から合流した。

三台の車と一台の重機が、町の境界線を目指して疾走しながら、カー無線のように携帯電話でやりとりした。

「栄吉、お前、ホントに俺の麻美としてないだろうな」

「俺の沙織とはどうなんだ?」

「やってねえよ!……あ、ちょっと触ったかな」

「なに!」

「まぁまぁ、そういう話は祭りのときに飲みながらしようぜ」

と、翔太がみんなをなだめた。

妻を寝とらば、恨みっこなしさ。

「翔太、エゾウコギって、サプリメントで全国に売ったらどのくらい儲かると思う?」

栄吉が目を輝かせて翔太に尋ねた。

「たしか、知りあいの選手は、一ダース五千円くらいのを飲んでいた。値段が高いからブームにならなかったけど、手ごろな価格になれば、かなり売れるんじゃないかな」

「親父の話だと、うじゃうじゃ生えていたそうだぞ。ひょっとしたら、『甘吉』をやっているより儲かるかもしれないぞ」

自生場所を知っている海斗が語気を強めると、輝也が興奮気味に言葉を続けた。

「よそ者に、渡すわけにはいかねえ！　勝つのは俺たちだ」

まるで試合前のように、四人の元高校球児は、目を輝かせていた。

むろん、自生場所へ行くのが一分一秒を争うことではないと、内心では分かっている。

でも、こうやって昔のように、皆で盛り上がりたいのだ。

ドッドッドッドッド。

片側一車線のローカルな国道を一列縦隊で整然と走る様を見るに、翔太はチームワークの復活を確信した。

助手席では未来の花嫁が可愛い寝顔で、翔太の肩にもたれ掛かっている。

明るい未来が見えてきた。

（この作品はフィクションであり、登場する人物および
団体はすべて実在するものといっさい関係ありません）

一〇〇字書評

切・り・取・り・線

購買動機（新聞、雑誌名を記入するか、あるいは○をつけてください）

□（　　　　　　　　　　　　　　　　　　）の広告を見て
□（　　　　　　　　　　　　　　　　　　）の書評を見て
□ 知人のすすめで　　　　　　　□ タイトルに惹かれて
□ カバーが良かったから　　　　□ 内容が面白そうだから
□ 好きな作家だから　　　　　　□ 好きな分野の本だから

・最近、最も感銘を受けた作品名をお書き下さい

・あなたのお好きな作家名をお書き下さい

・その他、ご要望がありましたらお書き下さい

住所	〒				
氏名		職業		年齢	
Eメール	※携帯には配信できません		新刊情報等のメール配信を 希望する・しない		

この本の感想を、編集部までお寄せいただけたらありがたく存じます。今後の企画の参考にさせていただきます。Eメールでも結構です。

いただいた「一〇〇字書評」は、新聞・雑誌等に紹介させていただくことがあります。その場合はお礼として特製図書カードを差し上げます。

前ページの原稿用紙に書評をお書きの上、切り取り、左記までお送り下さい。宛先の住所は不要です。

なお、ご記入いただいたお名前、ご住所等は、書評紹介の事前了解、謝礼のお届けのためだけに利用し、そのほかの目的のために利用することはありません。

〒一〇一－八七〇一
祥伝社文庫編集長　坂口芳和
電話　〇三（三二六五）二〇八〇

祥伝社ホームページの「ブックレビュー」からも、書き込めます。
http://www.shodensha.co.jp/
bookreview/

祥伝社文庫

妻《つま》を寝《ね》とらば

平成24年12月20日　初版第1刷発行

著　者　白根《しらね》　翼《つばさ》
発行者　竹内和芳
発行所　祥伝社《しょうでんしゃ》
東京都千代田区神田神保町3-3
〒101-8701
電話　03（3265）2081（販売部）
電話　03（3265）2080（編集部）
電話　03（3265）3622（業務部）
http://www.shodensha.co.jp/

印刷所　堀内印刷
製本所　ナショナル製本
カバーフォーマットデザイン　芥 陽子

Printed in Japan ©2012, Tsubasa Shirane ISBN978-4-396-33806-0 C0193

祥伝社文庫の好評既刊

白根 翼　痴情波デジタル

誰に見られたのか？　プロデューサー神蔵《かみくら》の許に、情事の暴露を仄《ほの》めかす脅迫メールが。

白根 翼　殺したのは私です

国民的名優が腹上死。死因を訝る主治医、窓際ディレクター米蔵が嗅ぎ回る。濃密なエロス＆サスペンス！

白根 翼　婚活の湯

二十八歳独身男子、焦って参加した「お見合いバスツアー」。そこには、思わぬ官能の嵐が待っていた……。

藍川 京　蜜の惑《まど》い

欲望を満たすために騙《だま》しあう女と男。官能の名手が贈る淫らなエロス集！

藍川 京　蜜猫《みつねこ》

女の魅力を武器に、体と金を狙う詐欺師を罠に嵌めて大金を取り戻す、痛快かつエロス充満な官能ロマン。

藍川 京　蜜追い人

伸子《のぶこ》は夫の浮気現場を監視する部屋を借りに不動産屋へ。そこで知り合う剣持遊《けんもちゆう》也《や》。彼女は「快楽の天国」を知る事に…。